纯美儿童文学读本
给孩子的阅读计划

记得那年花下

曹文轩 主编

北京理工大学出版社
BEIJING INSTITUTE OF TECHNOLOGY PRESS

版权专有　侵权必究

图书在版编目（CIP）数据

记得那年花下 / 曹文轩主编 . — 北京：北京理工大学出版社，2018.7（2019.4 重印）
　ISBN 978−7−5682−5585−1

　Ⅰ . ①记… Ⅱ . ①曹… Ⅲ . ①儿童文学—作品综合集—世界 Ⅳ . ① I18

中国版本图书馆 CIP 数据核字（2018）第 078445 号

出版发行 / 北京理工大学出版社有限责任公司
社　　址 / 北京市海淀区中关村南大街 5 号
邮　　编 / 100081
电　　话 /（010）68914775（总编室）
　　　　　（010）82562903（教材售后服务热线）
　　　　　（010）68948351（其他图书服务热线）
网　　址 /http://www.bitpress.com.cn
经　　销 / 全国各地新华书店
印　　刷 / 北京久佳印刷有限责任公司
开　　本 /880 毫米 ×1230 毫米　1/32
印　　张 /5.5　　　　　　　　　　　　　责任编辑 / 刘永兵
字　　数 /60 千字　　　　　　　　　　　 策划编辑 / 张艳茹
版　　次 /2018 年 7 月第 1 版　2019 年 4 月第 3 次印刷　责任校对 / 周瑞红
定　　价 /32.80 元　　　　　　　　　　　责任印制 / 施胜娟

图书出现印装质量问题，请拨打售后服务热线，本社负责调换

在国际安徒生奖颁奖典礼上

那些气度非凡且又和蔼可亲的文字，使孩子们在人生的慢慢旅途中，有了可以诉说肺腑之言的朋友。

——曹文轩

序

——曹文轩

这是一套品质上乘的读本。选者是在反复斟酌、比较之后,才从大量的作品中挑选出这些作品的。无论长短,无论体裁,一篇是一篇,篇篇都是经典或具有经典性的作品。这些作品有正当的道义观,有很高的审美价值,字里行间充满悲悯情怀。在写作上也很有说道之处。当下用于学生阅读的选本很多,但讲究的、能看出选者独特眼光的并不多。这套读本的问世,将给成千上万的读者提供值得他们花费宝贵时间的美妙文字。

我一直在问:语文的课堂到底有多大?

我也一直在回答:语文课堂要多大有多大。

一个学生如果以为一本语文课本就是语文学习的全部,那么他要学好语文基本是不可能的,语文课本只是他语文学习的一部分,甚至可以说是很有限的一部分。他必须将大量时间用在课外阅读上。语文学科就是这样一门学科:对它的学习,语文课堂并非是唯一空间。而其他的学科——比如数学,也许只在课堂上就可以完成学习任务了。语文的功夫主要是在堂外做的。同样,对于一个语文老师而言,他要教好语文,如果只是将精力全部投放在一本语文教材上,以为这就是语文教学的全部,他也是很难教好语文的。语文是一座山头,要攻克这座山头的力量来自其他周围的山头——那些山头屯兵百万,一旦被调动,必将攻无不克、战无不胜。我去各地的学校给老师和孩子们做讲座时,多次发现,那些语文学得好的孩子,往往都有一个很好的语文老师,而这些语文老师的教学方法有一共同之处,这就是让学生广泛阅读优质的课外读物。我甚至发现一些很有想法的老师采取了一个不免有点极端的做法:将语文课本一口气讲完,将后面本属于语文课的时间全部交给学生,让他们进行课外阅读。在他们看来,对语文知识和神髓的领会,是在有了较为丰富的课外阅读之后,才能发生;一册或几册语文课本,是无法帮助学生形成语感的,也是无法进入语文文本的深处,然后窥其无限风景的;解读语文文本的力量,语文文本本身也许并不能提供。

序

因此，无论是对学生而言，还是对老师而言，都需要拿出足够的时间用于阅读《纯美儿童文学读本》这样的书。这种阅读很值得。

这套读本将文本的审美价值看得十分重要，冠之"纯美"二字，自有它的道理。审美教育始终是中国中小学教育的短板。而学校是培养人——完人的地方。完人，即完善的人，完美的人，完整的人。而完人的塑造，一定是多维度的。其中，审美教育当是重要的维度之一。当下中国出现的种种令人不满意的景观，可能都与审美教育的短板有关。在我们还没有找到一个恰当的、行之有效的方法之前，让学生阅读那些具有审美价值的作品，也许是一个不错的选择。

美的力量绝不亚于知识的力量、思想的力量，这是我几十年坚持的观念。我经常拿《战争与和平》中的一个场面说事：安德烈公爵受伤躺在了战场上，当时的心情四个字可以概括——万念俱灰，因为他的国家被拿破仑的法国占领了，他的理想、爱情，一切都破灭了，现在又受伤躺在了战场上，现在就只剩下了一个念头：死！那么是什么力量拯救了他，让他又有了活下去的欲望和勇气？不是国家的概念、民族的概念，更不是政治制度的概念（沙皇俄国政治制度极其腐朽），而是俄罗斯的天空、森林、草原和河流，即庄子所说的天地之大美，是美的力量让他挺立了起来。

因此，美文是我们这套选本最为青睐的。

为了让这套书能有助于培养学生的人格品质和提升语文学习能力，特地邀请了一些特级语文老师和一些著名阅读推广人参加了这项工作。他们不仅不辞辛劳地从浩如烟海的作品中"打捞"优秀文本，还对作品进行了赏析和导读。因为他们从事的职业是语文教育，他们对文本的解读，与一般评论家的评论相比，有着很大的区别。他们的关注点往往都与语文有关，在分析和评论这些文本时，"语文"二字是一刻也不会忘记的。他们有他们的解读方式，他们有他们进入文本的途径，而这一切，也许更适合指导学生阅读，更有利于学生的语文学习。

这套书的生命力，是由这套书所选的文本的生命力决定了的。这些文本无疑都是常青文本。

曹文轩

2018 年 1 月 17 日于北京大学

目 录

一、作家的童年时光
昨日琴声　周大新 / 著　　　　　　　　　　　　　| 002

照相去　迟子建 / 著　　　　　　　　　　　　　　| 007

记得那年花下　殷健灵 / 著　　　　　　　　　　　| 012

二、知了的歌唱
知了　（法）法布尔 / 著　　　　　　　　　　　　| 018

蝉　许地山 / 著　　　　　　　　　　　　　　　　| 022

蝉叫声声　徐鲁 / 著　　　　　　　　　　　　　　| 024

三、可爱的强盗
盗贼和小羊羔　（日）新美南吉 / 著　　　　　　　| 028

三个强盗　（法）昂格雷尔 / 著　　　　　　　　　| 031

求求你们，别开玩笑　（西班牙）卡米洛·何塞·塞拉 / 著　| 035

四、我家有个小妹妹
妹妹入学　张有德 / 著　　　　　　　　　　　　　| 040

洛塔倔头倔脑　（瑞典）阿·林格伦 / 著　　　　　| 048

秘密　陈月文 / 著　　　　　　　　　　　　　　　　| 053

五、羊的故事
母羊　赵丽宏 / 著　　　　　　　　　　　　　　　　| 060
山羊兹拉特　（美）艾萨克·巴什维斯·辛格 / 著　　| 065
三头小羊　叶圣陶 / 著　　　　　　　　　　　　　　| 074

六、四只笨狼
笨狼阿灰　孙以苍 / 著　　　　　　　　　　　　　　| 078
一只笨狼　乌克兰民间童话　　　　　　　　　　　　| 083
该说不该说　汤素兰 / 著　　　　　　　　　　　　　| 091
列那狐和伊桑格兰狼　法国民间故事　　　　　　　　| 097

七、亲爱的奶奶
沃弗卡和他的奶奶　（俄）M. 娜哈比娜 / 著　　　　| 102
问奶奶　孙建江 / 著　　　　　　　　　　　　　　　| 107

八、童心的世界

来吧! （德）约瑟夫·雷丁/著 | 110

海盗的故事 （英）罗伯特·斯蒂文森/著 | 113

被子的大地 （英）罗伯特·斯蒂文森/著 | 116

风很幸福 王宜振/著 | 119

九、狗的故事

狗 （法）布封/著 | 124

狗之歌 （苏联）叶赛宁/著 | 128

布尔加和野猪 （俄）列夫·托尔斯泰/著 | 132

田野上的狗尾草——老祖母讲的童话 徐鲁/著 | 137

十、如水月色

看月 叶圣陶/著 | 144

月夜登上瞭望塔 曹文轩/著 | 147

月夜 （德）艾兴多夫/著 | 154

海上生明月 巴金/著 | 157

作家的童年时光

童年的经历,常常会对一个人产生深刻的影响。有时候,那些令人难以忘怀的经历,仅仅是一件小事……

昨日琴声

周大新 / 著

导读：
　　一个盲了的老人，靠拉二胡来乞讨。他的琴声，对一位未来的作家，会产生怎样的影响呢？

　　最初让我对二胡这种民间乐器产生兴趣的，是一个盲人。好像是一个正午，九岁或者十岁的我正在屋里吃饭，忽听门外响起了一种很好听的声音，我闻声端了饭碗出去看。原来是一个盲人靠在俺家的门前在拉一种琴，拉出的声音十分好听。我惊奇地看着他手的动作，母亲这时已端了一碗糊汤面出来对盲人说："大叔，先吃吧。"那盲人闻言，停止了拉琴，从自己背着的一个布兜里掏出一只碗，让母亲把面条倒进去，之后，他便蹲下吃面条了。我原以为他吃完还要再拉那琴的，不料他吃完就向另一家走去，这让一直等在那儿的我很不高兴，我朝着他的背影说："嗨，为啥不拉了？"母亲闻声又急忙出来把我扯进了屋里。母亲低声对我说："不要耽误他，他要趁这午饭时去尽可能多讨点吃的东西。"我这才明白，他在人家门前拉琴是为了讨饭吃。那琴的声音实在好听，我接下来便一直跟在他的身后，看他不断在其他人家门前拉琴讨饭。他在吃饱之后临出村时对我说："你既是爱听这二胡琴声，我就给你拉一段吧。"说罢，在村头的一棵树下坐定，就拉开了。我自然听不懂他拉的是什么曲子，但被他的琴声完全征服了，一个人蹲在他面前长久托腮不动。那是少时的我第一次被音乐迷住，那是我此生听的第一场音乐会。

盲老人那天临走时拍拍我的头问："你从我这弦子里听没听出我在对你说话？"

我摇摇头，一脸茫然。

他叹一口气，默然走了。

就是从这天起，我记住了二胡这种乐器，也对拉二胡产生了兴趣。我那时的想法是：如果我会拉这种琴，我就会让我的伙伴们感到惊奇，而且也有了一种去除心烦的法子。

几年之后，我进入了初中。我所在的中学，有在节庆日演文艺节目师生同乐的传统。老师常鼓励我们学乐器，我便毫不犹豫地报名学拉二胡了。当老师把学校的一把二胡交到我手上时，我满是新奇和高兴。

最初的学习当然是困难重重，我要学识简谱，要弄懂怎样调弦，要熟悉琴上高中低音的位置，要练习运弓，要懂得如何在琴筒上滴松香。我一开始拉出的声音完全像杀鸡，连我自己都觉得刺耳无比。一些同学听到后总要捂上耳朵急忙逃避。我当然着急过，气馁过，被一些同学讽刺过，但我最终还是坚持下来了。我常在内心进行自我激励：一个盲人都能拉出那么好听的琴声，你为何就做不到？练，一定要练出个名堂。

就是凭着这股不服输的劲头和持续的操练，琴弦和琴弓在我的手中渐渐听话，一些好听的乐曲慢慢流出。终于有一天，当我再拉琴时，有同学会自动站下听上一阵，并朝我飞来一个惊奇的眼神。我知道，我已经在向成功靠近了。

尽管我在学校里到最后也没有获得上舞台拉琴的机会，可我自己能听出，我的琴声已差不多可以用动听来形容了。重要的是：学会了拉二胡之后，我有了一个抒发心绪的新途径。每当我高兴的时候，我就拉欢快的曲子，让乐曲把我心里的欢乐心情表现出来；当我烦闷的时候，我就拉那些忧郁的曲子，让乐曲把心里的不快倾吐干净。这以后，我开始接触《良宵》这首著名的二胡独奏曲。我那时不知道它是谁作的曲子，也不完全理解它要表达的东西，可我喜欢学着拉它。每当曲子在琴弓下展开时，我都能看见月光、树影、水波，能听见虫鸣、风声和人的细语，能闻到花香和青草的芬芳，能觉出一个小伙儿和一个姑娘在眼前舞蹈……

我真正上舞台拉琴是在离开中学之后，这时，我已参军到了部队。逢我所在的连队开晚会，我偶尔会操琴和其他战友一起上台拉上一曲。每当下面的掌声响起，我常常会想起我的中学时代，想起初学琴的日子，会在心里生出一种类似庆幸的东西，庆幸自己在中学阶段没有浪费旺盛的精力，学了这个额外的技艺。

　　大约在提升为军官之后，伴随着事务的增多，我又渐渐疏远了二胡。尤其是在我找到了新的倾诉方式——写作之后，便再也没有摸过二胡。如今，已是几十年过去，我与二胡差不多又成了互不相识的路人。只剩下一个与二胡有关的爱好还保留着，那就是爱听二胡独奏曲。不管我在什么地方，只要一听到有二胡独奏的曲调传来，我都会立刻停下步子侧耳去听，心就会激动起来并很快沉浸在琴声里。

　　人一生的许多行为都产生于另一些人的影响，我爱二胡是因为听了那个盲人的琴声。那个盲人可能想不到，他的琴声改变了一个男孩在中学时代的追求，并进而影响了他的脾性形成——我是很久以后才明白，我脾性里的那种沉郁成分，和二胡琴声里的那种沉郁味儿，很相近。

阅读感悟：

　　文章开头，作者用较长的篇幅，追叙了自己第一次被音乐迷住的往事。你觉得这段是否太长了，应不应该写得简略一些？文中有一段话，描写了"我"拉二胡时产生的联想，你欣赏音乐的时候，产生过类似的联想吗？你能否把这些联想写出来？

照相去

迟子建 / 著

导读：
　　仅仅是为了去照一张照片，就得步行很远的路，赶到城里去。这一路该是多么辛苦乏味呀？可是，不。在作家迟子建阿姨的笔下，那真是值得怀念的美好的一天。是什么让这次照相变得这么美好呢？

　　小学一年级，我入了少先队。那是我们班的第一批少先队员，总共六人，四女两男。班主任侯玉凤老师为了给我们留个纪念，决定在一个礼拜天带我们进城去照相。

　　我们住在一个叫永安的小山村。它只有一家商店，一家粮店，一家卫生所。要想照相，只能去城里。城离我们说远很远，说近也近。说它近，那是因为我们住的村子地势极高，站在山顶向远方望去，可以影影绰绰看到城的影子。那时常想，我要是长着一双长长的胳臂该有多好，一伸手就可以把城揽在怀中，想逛商店就逛了，想看电影就看了，想听汽车的喇叭声就听了。

商店里五颜六色的花布、雪白的银幕上演绎的悲欢离合的故事、嘀嘀作响的汽车喇叭声，都是我童年梦寐以求的。别看站在村里能看到城的影子，一旦你走起来，可不是十分八分就能赶到的。去城里的路有两条，一条大路，一条小路。大路远，小路近。大路也叫公路，较为宽阔和平坦，路面铺着土黄色的砂石，夕阳洒在路面上，这路看上去就是金色的路了。

而小路是从庄稼地里辟出来的，坑坑洼洼、坎坷不平，逢了阴雨天气，泥泞得让人寸步难行，虽然说它比大路要缩短近一半的路途，走的人并不是很多。但我们那次走的却是小路，因为那是个晴朗的礼拜天，小路格外干爽。而且小路两侧是庄稼地和草甸子，能时时与飞鸟和野花相遇，使我们的路途变得赏心悦目。

从小村向城里走去，是从高往低走。原先觉得白云离自己很近，似乎是被风刮跑的白衬衫，一跳脚就会把它抓回来。而出了村子之后，这白云好像是做了错事不敢回家的孩子一样，躲得远远的，让人觉得遥不可及。这时天空就显得格外高远。我们戴着鲜艳的红领巾，唱着歌走在田间小路上。由于我前一夜害了牙痛，一面脸肿了起来，因而有些情绪不高，何况牙仍然隐隐作痛呢！我们走在小路上的时候，常常能看到在田间劳作的农人，他们有的我们熟识，有的则不认识。熟识的会和我们打招呼："进城去啊！"这时侯玉凤老师就会说："领学生进城照相去！"

看他们眼睛里流露出的羡慕目光，我们就有了一种说不出的自豪感。不认识我们的人大抵都是城郊的农户，他们会双手拄着农具趁机歇一歇，看着我们走过。当我们走累了的时候，就会在草甸子边坐上一刻，这时女同学的眼睛就不够使了，刚看到红色的百合花，粉色的芍药花又跳出来了；芍药花还没欣赏够，紫色的马莲花又伸着纤细的腰肢蹦了出来；金莲花似乎觉得受到了冷落，它们很快让我们从马莲花身上转移了视线，它们一出现就是一大片，那金灿灿的花朵随风起舞，仿佛那些形态好看而又寓意优美的汉字一样，让人有书写的欲望。

这边姹紫嫣红的野花还没看完全，那边蝴蝶和蜻蜓又凑热闹来了。斑斓的蝴蝶在花间流连一番后，就朝我们几个女同学这里飞来了，我们就大呼小叫着捉蝴蝶，往往是随着它跑了一程，它悠然地飘走了，而我们却因为仰着头不看脚下，一个趔趄跌倒在地。这时老师和男同学的笑声都起来了，我们就有一种害羞的感觉。在玩的时候，我觉得牙不疼了，好像蝴蝶是牙医，它在漫不经心中就治好了我的病。

城其实并不是很大，它只有几座小楼，其余的都是板夹泥的平房。城中心有两条主干水泥马路，主要的商店和饭店都集中在此，照相馆就在一家饭店的旁边，是一间蓝色的屋子。吃了冰棍，领略了往来的汽车发出的嘀嘀的喇叭声，侯老师就带我们去了照相馆。我记得照相师傅是个老同志，他给我们摆布了许久，才按动快门。侯老师坐在中央，我们四个女同学分成两对站在她的一左一右，两位男同学则蹲在老师的膝前，这使侯老师看上去像个家长，而我们则像是她的孩子一样。

如今面对着二十八年前的这张黑白合影照片,我不由得感慨万千。侯玉凤老师在哪里我已打听不到了,当年同时入少先队的同学也已失去了联系,不知他们如今的日子过得可好?虽然现在拍照片是很容易的事了,且拍的都是彩色照片,但是它们却不能像那次照相一样给人带来美好的回忆。

我怀念徒步进城去照相的那遥远的一天,怀念那天的阳光、蝴蝶和温柔的风。假如蝴蝶再朝我飞来,我决不会扑它,就让它落在我的肩头,同我一起看天吧。

阅读感悟:

同样的生活,在不同的人眼里,可能会丰富多彩、充满乐趣,也可能会黯淡无光、无聊乏味。是什么让一件平常的小事,在作家的笔下焕发出了奇异的光彩?难道仅仅是想象、拟人、排比这些富有感染力的写法吗?有没有更重要的东西呢?

记得那年花下

殷健灵 / 著

导读：
   这篇散文有着一个优美的题目，女作家殷健灵要通过这篇文章，告诉你些什么呢？

   那时候，我什么都不会。除了念书和考试。曾经想过会点什么，比如画画，比如弹琴，到后来，却什么都没能拿起来。

   母亲是个有小资情调的人，因为女友的家里挂满了她丈夫的油画，只是因为一种说不清缘由的向往，她便希望自己的女儿也有那样一手精湛的画技。母亲的话在我听来字字珠玑。当初从来不曾往深处细想，很多年以后才隐约明白，那时母亲让我学画是有着某种陈年的情结的。

   于是，便煞有介事地买来了素描本和绘图铅笔，从最基础的素描和炭笔画学起。那年，我只有八岁吧，背着个大画夹，每个星期往老师家跑，心里并不真的喜欢，只觉得那是大人给的任务，况且，眼看着自己笔下真能"变"出个人像来，是一件挺有趣儿的事情。

我们住的那个小地方，安谧温馨，绿树葱茏。老师家里有个小院子，栽着洋槐，树荫如盖，每到夏季便白花铺地。学画的时候，正是傍晚，罩着淡黄的斜阳，人就沐在晶莹的光辉里面了。

大约是学了一个学期吧，渐渐地，能临摹了。但也只是临摹而已，没有再往前进一步。画得最多的，是一本俄罗斯炭笔连环画，好像是高尔基的《母亲》，情节已记不得，却清晰记得画中人物惊怒的表情，还有院子里洋槐花淡而无形的香气。

心里明白，自己爱的不是画，而是那个有香气的傍晚。

毕竟，自己不是一块学画的料，没有天赋，还生就了一副没有长性的脾气。很快我就把画笔扔在一边，又对石头和篆刻刀起了兴趣。

母亲依着我，买来了各种型号的刻刀。家里来过一个叔叔，会篆刻，手把手地教我手势、用刀的轻重急缓，并赠了一枚印章给我，上刻"倚天剑"三字，说，将来用它做笔名吧。这真是笑煞人，我怎配得上如此英武的名字。叔叔毕竟是家里的过客，而我，看来永远都使不上这枚豪气万丈的印章了。尚未走出初级阶段，篆刻刀已经在我的笔筒里蒙尘了。

大人数落我，学什么都是三天打鱼两天晒网，这样的孩子怎么会有大出息。也曾经对自己失了信心，琴棋书画，没有一样拿得起来。但好奇心依然像喷涌不息的泉水。我对一切不知道的事物感兴趣，就像对尚未开包的零食，总是难以遏制偷偷打开尝一尝的冲动。长大的过程便是不断尝试的过程，我试着养过蝌蚪、蚕宝宝，试着学习各种烦琐艰巨的手工制作（在我手中诞生过金碧辉煌的古代马车和房屋模型），试着学拉小提琴，还练习书法……因为我的不能持久，也因为繁重的学业压力，所有的尝试，我没有一样能坚持下来。唯有一点，却保存了下来，并且一直持续到现在，那就是儿时的好奇心。不过现在，我不只对某一种未知的技能充满好奇，更让我沉迷的是我所面对和没有面对的人，以及永远都不会以同一样貌出现的生活。所以，只有一项爱好从我的少年保留到了今天，那便是写作。也许只有它比较适合我的个性，因为我总是能从中发现意外，并且知道，过去所经历的一切都不可能枉费。

那天，坐在电视机前看钢琴神童李云迪的音乐会。忽然觉得琴键上飞动的十指仿佛得益于神的造化，那音乐中必然有一种灵异的东西悄然潜行，这样的天才多少年才有一个啊。我们期盼天才，但我们更爱生命里的每一个平凡瞬间。我们用各种各样的东西来装点这些瞬间，是的，我们必须有一些让自己和琐碎生活稍稍远离的时候，在音乐中，在玄妙的色彩中，在耐人寻味的线条中，让孩子学点什么，只要学点什么，这就够了。

阅读感悟：

　　本文作者追叙了自己学画画、学篆刻、学……的经历。文章一开头，作者似乎对自己没有学好许多技能很感到遗憾似的，而在结尾，又好像觉得学点什么都是好的。你怎么看呢？你有过如此强烈的好奇心吗？你是怎样装点自己的生活的呢？

　　作家有一种本领，总可以把生活中的一些画面捕捉下来。文中有一段，写自己学画时的场景，与标题相照应。这段描写美吗？你会在自己的习作中，也试着像这样写一写生活中美好的画面吗？

知了的歌唱

知了用它那热情而又单调的叫声,陪伴着我们度过炎热的夏天。在我国最古老的诗歌总集《诗经》中,就以"如蜩如螗"写到了知了叫声的喧闹。知了究竟是怎样一种生物呢?在不同的作家笔下,它有着不同的形象……

知了

（法）法布尔 / 著

谭常轲 / 译

导读：
  法布尔是一位伟大的昆虫学家。他一生中，对昆虫世界保持着强烈的好奇与热爱，并付出了大量时间开展研究。他以非凡的文笔，记录下了他的发现与思考，创作了自然科学史上的巨著《昆虫记》。关于我们司空见惯的知了，这位科学家会讲些什么呢？

  传说中的主角最容易出名，不管是人还是动物，全都一样，就连昆虫也是如此。谁没听说过知了？昆虫中能找到另一个同样有名的吗？知了热衷于唱歌，从不考虑将来的生活。在孩提时代，这些说法就深深地烙进了我们的记忆。短短的诗句告诉我们，寒风乍起，没有储藏粮食的知了到蚂蚁家去乞讨，被蚂蚁挖苦了一句：

  "你唱得不错，我也挺高兴，

那么,现在请跳舞吧!"

经作家拉丰登(今译名拉封丹)这么一写,知了的名声就大了。孩童时代记住的东西是终生难忘的。可惜的是,在记住寓言的道德教诲时,我们也记住了一些错误的内容。寓言中说,当冬天来临时,知了又饿又冷,而事实上冬天知了根本不露面;知了乞讨一些麦粒以充饥,而事实上它根本不吃麦粒;它向蚂蚁讨些苍蝇来果腹,而事实上它也不吃苍蝇。

这些奇怪的错误由谁来负责呢?拉丰登在他的大部分寓言诗里充分体现了他精确的洞察力。他对狐狸、狼、猫、公牛、乌鸦、老鼠和其他动物的描述都是正确的,而对知了,他了解得不够多。他只是根据希腊的文学作品进行加工的。尽管知了是个讨厌的邻居,我还是要为它正名,要尽力了解它。

事实上,知了跟蚂蚁之间可能有联系,但却不像寓言里写的那样。在七月,某天下午天气最闷热的时候,当蚂蚁又热又渴在被晒蔫的花丛中找水解渴时,知了却把针状的口器刺入树干中,悠然自得地吸着树汁。如果你盯着知了看,很可能会观察到一件意想不到的事。有许多口干舌燥的小虫在四周游荡,它们很快发现知了在吸树汁,立即就赶了过去。刚开始,它们比较收敛,只是舔一舔从边上滴出来的树汁,其中有黄蜂、苍蝇、泥蜂、球螋(sōu),还有蚂蚁。

一些小蚂蚁从知了的腹部下面爬过去,钻到渗出树汁的地方。宽厚的知了抬起腹部让蚂蚁过去。大个子的蚂蚁也往里挤,抢一口水就走,到外面遛一圈后又回转身来朝里挤。蚂蚁们越聚越多，越来越不耐烦。它们要反客为主，赶走已在这里打好洞的知了。蚂蚁们有的叮知了的腿，有的扯知了的翅膀，有的爬上知了的背摆弄它的触须。我还看到一只蚂蚁竟然用爪子抓住知了的吸管用力往外拔。

知了被这些小个子强盗所骚扰，愤怒至极，它不得不一边放弃刺出的水洞，一边向洞边的蚂蚁射出一股臭尿。这一极端蔑视的行为对蚂蚁来讲算不了什么。它们霸占了水洞，达到了目的，这就够了。尽管没有知了在吸，水洞会很快就干涸，不再朝外滴水，蚂蚁们还是抢到了一些。如再发现知了在吸树汁，它们还会故伎重演的。

可见知了跟蚂蚁之间的关系并不像寓言家写的那样，却正好相反，蚂蚁不是勤劳的农民，而是蛮不讲理的强盗。

阅读感悟：
　　本文只是法布尔所写《知了》一文开头的部分。作者以自己客观真实的观察结果，纠正了拉封丹寓言中对知了的描述。这真是一个引人入胜的开头。出色的文笔，不仅是文学家的法宝，也使得《昆虫记》这样的自然科学巨著深受世人的喜爱。

蝉

许地山 / 著

导读：
这是很短的一篇文章，却耐人寻味，蝉的命运最终会怎样呢？

急雨之后，蝉翼湿得不能再飞了。那可怜的小虫在地面慢慢地爬，好容易爬到不老的松根上头。松针穿不牢的雨珠从千丈高处脱下来，正滴在蝉翼上。蝉嘶了一声，又从树底露根摔到地上了。

雨珠，你和它开玩笑吗？你看，蚂蚁来了！野鸟也快要看见它了！

阅读感悟：

　　这篇散文，原刊于1922年4月《小说月报》。文章只是描写了一只雨后的蝉，艰难爬上树根，却又被雨滴击中，跌落到地上。一只小小的蝉，象征着人生的多灾多难。文章的末尾，作者用一个疑问和两个急迫的感叹号，引起读者对蝉的命运的焦虑与担忧。在我们国家又贫又弱，人民不断陷入各种艰难和危险之中时，怎会不被这样的文字打动！从文字背后，我们也可以感受到作者的慈悲心。

蝉叫声声

徐 鲁 / 著

导读:
这是一篇写蝉的散文,从多个方面讲述作者对蝉的了解,以及作者的生活经验。文字简洁明白,相信你会喜欢。

夏天的早晨,太阳刚刚升起,树林中的蝉儿就开始了响亮的大合唱。

蝉儿喜欢炎热的天气,气温越高的天气,蝉儿们的精神头越足。当太阳西沉,气温下降了,蝉也渐渐停止了歌唱,开始休息了。

蝉儿鸣叫的时候,就像吹口琴一样,使腹部的薄膜使劲振动,发出声音。薄膜边还有一个中空的共鸣器,就像小提琴的共鸣箱,可以让发出的声音更加响亮。

蝉能听到自己同类的鸣叫声,所以它们很喜欢和同伴聚集在同一片林子里,使劲地、不停地演奏着大合唱。如果树林里忽然有了什么动静，惊动了其中的一只蝉，那么其他的蝉也会立刻停止合唱，随时准备飞走。

蝉喜欢栖息在柳树上。我国古代的花鸟画中，常以"高柳鸣蝉"为画题，这是有道理的。

我小时候玩过的蝉有这样三种：一种叫"马溜"，最大，身体是黑色的，叫声也特别响亮；一种叫"嘟溜"，较小，身体是暗绿色的，又有点银光，样子最好看，叫声好像是"嘎呜——嘎呜"；还有一种是"滋溜"，最小，身体是暗赭色的，叫声很细，像最细的琴弦发出的声音。

并不是所有的蝉都会唱歌。雌蝉就是"哑巴蝉"，从来不会鸣叫。整个夏季在树上不停地鸣叫着的，都是雄蝉。

夏天里，如果你到树林里去仔细地观察，就会在树干上找到许多蝉蜕，那就是蝉脱下的皮。蝉在地下大约要住上四年之后，才可以爬出黑暗的"地牢"，爬上树干，脱去长期保护它的硬硬的蝉蜕。

刚脱壳的蝉很软弱，看上去苍白无力，像刚出生的婴儿，嫩嫩的。不过，很快它身体的颜色就变深了，身体也强壮起来，而且用不了多久，它们就加入了成年蝉们的大合唱之中："知了……知了……知了……"

逮蝉有多种方法。我小时候经常使用的一种办法是：在一根长长的竹竿头上，绑上个三角形或圆形的柳条圈儿，再缠上很多有黏性的蜘蛛网，然后悄悄地走进有蝉的树林里，瞅准了一只蝉，便把竹竿轻轻伸到它的翅膀边，轻轻一搭，蝉的翅膀就被粘住了。还有一种办法,是用马尾丝结一个活扣儿套蝉。不过,这需要很大的耐心。这种办法一般是用来对付那些个头大而又有点傻气的"马溜"的。

也可以在雨后的黄昏,到树林里去寻找幼蝉,雨水下过之后,泥土松软了,这时候如果你在树下仔细观察,会找到幼蝉的小小的洞口。它们正准备爬出地面,到树干上去脱壳呢。或许,有的已经爬上树干了。把幼蝉拿回家,用一个小筛子扣住它,第二天早晨,再去看它,就会发现它已脱壳,变成一只真正的蝉了。

阅读感悟:

徐鲁是一位带有浓郁书卷气的作家,他的作品总能让我们感到浓浓的书香味儿。本文对蝉的描述,像是对法布尔《知了》简明概括的缩写。作者写逮蝉与捉幼蝉的经历,又充满真切的生活味儿。要写好记物的文章,离不开对所写事物的充分了解。

可爱的强盗

在生活中,强盗通常是残暴而蛮不讲理的。而在文学作品中,强盗却可以是可爱、可笑的。让我们来看看这些强盗,是怎样的可爱而又可笑吧!

盗贼和小羊羔

（日）新美南吉 / 著

周龙梅　彭　懿 / 译

导读：
　　一个饥饿的盗贼，正要举起一块石头，将一只可怜的小羊羔砸死的时候，为什么又突然停下了手呢？接下来，他又为这只可怜的小羊羔做了什么？

　　柔软的草地上，如同铺了一层绿色的地毯，羊群咩咩地叫着玩着。

　　这时，一个盗贼从这里经过。盗贼饿坏了，突然，他看到有一只肥肥的小羊羔离开了羊群，自个玩了起来。

　　"那只小羊羔的味道一定不错。"

　　说着，盗贼就把那只小羊羔偷偷地揣进怀里，快步朝林子那边跑去。

　　到了林子里，盗贼把小羊羔从怀里掏出来，举起一块石头想砸死它。可是,小羊羔根本就不知道自己会被杀死,只是仰头看着盗贼的脸。盗贼突然就可怜起它来了。盗贼把举起来的石头"啪"地扔到了对面的一棵树上,就又把小羊羔揣进怀里,忍着饥饿,来到了一个村子里。

在水车旁边,他遇到了一个背着面包的农民,就说:

"喂,能不能用小羊羔跟你换点面包?"

农民说:"当然可以,喏,我可以给你五个刚烤好的面包。"说完,就从背后的口袋里拿出了面包。

于是,盗贼就用小羊羔换了面包。可是当他看到小羊羔被农民拎在手上,样子很可怜,就又决定不换了。

他又把小羊羔揣进了怀里,自言自语地说:

"没法子,这只小羊羔只好由我来养大了。"

他继续往前走去。

走着走着,天就黑了。小羊羔想吃奶了,就叫了起来:

"咩咩,妈妈,妈妈,我要吃奶。"

"这可不好办了,我又没有奶给你吃,还是把你送回到原来的牧场上去吧。"

说完,盗贼就忍着饥饿,按原路返了回去。

阅读感悟：

　　读完这个故事，你有没有觉得很温暖？故事里的小羊羔，像不像一个柔弱得让人疼爱的小娃娃？小羊羔的可怜无助，唤起了盗贼人性中的善良。于是，在善良的支配下，盗贼变成了小羊羔的守护者。小羊羔咩咩叫着找妈妈，这位可爱的盗贼只好送小羊羔回家。这篇故事好像提醒我们：护持好内心的善念，可以让我们变成一个可爱的人。

三个强盗

（法）昂格雷尔 / 著
韦 苇 / 编译

导读：
三个很凶的强盗，在一个寒冷的黑夜里，抢到了一个小女孩。小女孩会给他们的生活带来怎样的变化呢？

很早以前，有三个强盗，他们很凶，是很凶的强盗。他们穿着宽宽的大黑斗篷，戴着圆黑帽子。帽子很高，帽檐耷拉下来，差不多遮住了眼睛。他们出门抢劫，都是偷偷摸摸的。

第一个强盗有一支喇叭枪。

第二个强盗有一个装胡椒粉的喷粉器。

第三个强盗有一把巨大的红斧头。

晚上，天一黑，他们就到大路上去拦路抢劫。

谁见了他们都心惊肉跳。女人们一见他们就晕倒，能撒腿逃跑的还算是胆儿大的，甚至连狗都夹起尾巴，一声不叫地溜了。

这三个强盗每一见马车驶过来,就会立刻上前去,先是呼啦一下子把胡椒粉喷进马的眼睛里,然后再抡起斧头,三两下把车轮给砍碎了,最后用喇叭枪把乘客赶下去,抢走他们的全部财物。

强盗藏身的地方在一座又高又大的山上,是一个大山洞。他们抢来的财物全都运上山藏在里面。所以,洞里有许多许多财富,像一箱一箱的钱,还有珍珠、戒指、黄金和宝石。

在一个寒冷的黑夜里,强盗又拦住了一辆马车。可是这回很特别:车上只有一个叫芬妮的孤儿。她去投靠她的姑妈,因她的姑妈是一个心肠很坏的女人,所以遇上这三个强盗她反而心里很高兴。她想,她可以不用去投靠姑妈了,也可以不孤独了。

这三个强盗没有亲人,也没有朋友,只能躲在山洞里。这个天真的小女孩将会给他们带来多么大的欢乐呀!于是,他们立刻脱下自己暖和的斗篷,把芬妮包裹起来,把她带走了。

他们在山洞里给芬妮铺了一张柔软的床,她一会儿就睡着了。

第二天早上,芬妮醒过来,发现自己的身边堆满了金银财宝。"这是做什么用的?"她问。

三个强盗结结巴巴地说着,解释着。他们从来只是抢劫财宝,却没有用过,也不曾想到过用它们。所以他们就想,送给这个小孤儿是最好了。

小姑娘给他们出了个主意:为了把这些财宝都用掉,强盗们不妨把所有没有爹娘和没人要的孩子统统找来。

强盗们照着芬妮的主意做了。

他们为找来的孤儿买了一个漂亮的城堡。

孩子们戴着红帽子,披着红斗篷,欢欢喜喜地住进了强盗们为他们准备的家里,他们从来没有这样快活过!

很快,城堡的故事传开了,于是每天都有人把小孩送到强盗们的家门口来。

孩子们渐渐长大了,他们在城堡的四周盖起了自己的新城堡。慢慢地,城堡越盖越多,这里就变成了一个村庄。村子里的人全都像是遵守规定似的,一律都戴红帽子,披红斗篷。

这个村的人为了纪念他们的养父,修建了三座高高的塔。塔顶都盖成了高圆帽子的形状,看着像是三个养父在守望着全村的人。

阅读感悟:

故事在一开始,就带着一点好玩的味道。三个强盗的武器,是多么特别呀!三个只会抢劫财宝,却不会使用财宝的强盗,在小女孩的建议下,用财宝换来一个幸福的城堡。在天真、善良的童心的支配下,世界一下子变得美好了。这真是一篇耐人寻味的好童话。

求求你们,别开玩笑

(西班牙)卡米洛·何塞·塞拉 / 著
倪华迪 / 译

导读:
　　一个蒙面强盗,提着一挺机枪,冲进一家饭馆。接下来会发生什么事?

　　就像平常强盗行劫时一样,卡洛·帕里亚克诺蒙着脸,提一挺机枪,冲进一家饭馆。饭馆里顾客盈门,都是些有钱人,个个喜气洋洋,打扮得珠光宝气。他们绝非冒险好斗之徒,而且都未带武器,真是打劫的理想对象。
　　卡洛·帕里亚克诺手端机枪,踢开了门。
　　"举起手来!"
　　卡洛·帕里亚克诺的声音,不像个当强盗头领的,喊出来既不威风,又没有雷鸣般的音量。他的声音怯生生的,低沉而又细弱。只有很少几桌人听得到。乐队继续演奏着《第三个人》

这支讨厌的无法哼唱的狐步舞曲。侍者穿梭于饭桌之间，忙着收盘送菜开瓶子，脸上堆满了笑。餐厅总管点头哈腰，请每位新到的顾客入座，卡洛·帕里亚克诺感到自己面罩里的脸红了。"真是天下奇闻，他们竟不理会我！"他想，"这群蠢驴，难道看不见我拿着机枪？"于是，卡洛·帕里亚克诺使足力气又喊了一声：

"举起手来！"

有几个人终于把视线从美人儿维也罗丽的身上移开，扭过头来朝卡洛·帕里亚克诺看。

"多潇洒的强盗！"有人说了一句，"真是个棒小伙子！"

卡洛·帕里亚克诺感到自己情绪异常，真是又气恼又吃惊。

"举起手来！我已经说过了。你们没发现我是抢劫的吗？还不明白这是打劫吗？再不举手，我可要开枪了！真见鬼！"

从一张桌子旁发出一声大笑：

"多逗人的家伙！喂，劫匪，跟我们一道喝一杯吧。服务员，服务员，给这位先生拿杯香槟来！"

卡洛·帕里亚克诺在地上跺了一脚。

"您听着，别跟我开玩笑啦，把手举起来！"

那位先生发出一阵大笑，声音响得连几个街区之外都可以听到。

"得了，年轻人，平静平静吧，不必装出这副样子来！"

"什么这样那样的。我是来打劫的，你们懂吗？我手中有枪，而您不但不怕,不把钱包、首饰放到桌子上,反倒哈哈大笑,拿我当笑料。您这位先生,不认真对待此事,反而从中取乐!"

乐队奏完了《第三个人》,又开始演奏《谁害怕凶残的狼》这支进行曲。

卡洛·帕里亚克诺感到口渴:

"举起手来,喂,举起手来!"

"不,年轻人,我不举手。我可不喜欢有人抢我的东西。"

笑声,犹如此山压向彼山的暴风雨,从一张桌子推向另一张桌子。几个食客站了起来,把卡洛·帕里亚克诺围了起来,手拉手翩翩起舞,仿佛一群印第安人围着白人跳舞。

卡洛·帕里亚克诺竭力振作精神,说:

"好!咱们走着瞧,你们到底举不举手?"

大家笑得前俯后仰。几位太太声言,这劫匪简直是个宝贝。在他周围跳舞的人越来越多。卡洛·帕里亚克诺发觉自己业已沮丧的情绪越发低落。

"那好吧!"他无可奈何地说道,音调里已带有几分柔情,"把那杯香槟递给我,我渴死了!"

饭馆里的食客们人人心醉神迷,容光焕发。对刚才突发的这出戏,感到心满意足。

"这饭馆的老板,"有人大着胆子,装作了解内情的样子说道,"简直就是魔鬼,亏他想的点子!"

卡洛·帕里亚克诺在椅子上坐了下来,一口吞下了那杯香槟。他面前桌子上的花瓶、酒杯、扇子,以及搁在它们旁边的机枪，构成了一幅有趣的静物图。

警察进来了，给卡洛·帕里亚克诺戴上了手铐。当两名警察押着卡洛·帕里亚克诺走出饭馆的时候，卡洛·帕里亚克诺的眼神中，隐隐约约仍流露出恳求的目光：求求你们，别开玩笑啦！

阅读感悟：

　　这篇小说像是一出滑稽戏，让人发笑，笑后却心生悲凉。蒙面强盗的打劫是认真的，却败给了一群一点也不配合的、丝毫认真不起来的、寻欢作乐的打劫对象。是什么，让他走上了这条道？又是什么，让他那么软弱，无力作恶？一个并未打劫成功的强盗，最终却被戴上了手铐，又意味着什么？看似威风凛凛、虚张声势的强大外表，却无法掩饰他胆怯、虚弱、善良的内心。是什么让他变成这样的呢？很值得思考。小说倒数第二段的描写，滑稽有趣，耐人寻味，请注意体会。

我家有个小妹妹

家里有一个小妹妹,会是一件很麻烦的事情呢,还是一件很幸福的事情呢?

妹妹入学

张有德 / 著

导读：

妹妹要上小学了，哥哥却比妹妹还紧张。哥哥像个小大人儿，对妹妹一番悉心指导。哥哥的热心，妹妹喜欢吗？哥哥的努力，派上用场了吗？

马路当中跑着一辆汽车。马路右边，小星拉着妹妹拼命地往前跑。忽然，妹妹碰在一位老奶奶身上，小星赶快给老奶奶解释："老奶奶，对不起，我妹妹今天要考试。"不等老奶奶回答，小星就又拉着妹妹跑起来。

"哥哥，真跑不动了。"妹妹气喘吁吁地说。

"要是考过了，那……"

不等小星说完，妹妹就又加快脚步跑起来。忽然，妹妹又撞到一位叔叔身上，于是，小星又赶快给叔叔解释："叔叔，对不起，我妹妹今天要考试。"

就这样，小星拉着妹妹拼命地跑着，撞到谁身上，小星就向谁解释，说"对不起"；妹妹不愿跑了，小星就说："要是考过了……"于是，妹妹又加快脚步跑起来。

不一会，他们就到了新华街第二小学。

所有的小朋友们还都没有来。老师们正在前院吃饭。小星放下心了，把妹妹领到三年级教室，坐下喘气。

"哥哥，他们考过了吗？"妹妹不放心地问。

"没有，一点也没有，"小星给妹妹解释，"我们来得最早。考试的时候，一定得来早。"

"我们家那个闹钟没有错，不是吗，哥哥？"

"没有错，"小星说，"可是，要是万一错了，比如说，一万回没有错，就这一回错了，那你就不能考试了——嗯，来吧，再练习一下。"

"我不，"妹妹摇着身子说，"练习那么多遍了。"

真的，妹妹练习的遍数实在太多了，一暑假，小星为了帮妹妹考上学，整天教呀教的，把妹妹都教厌烦了。特别是最近这几天，闹得妹妹吃饭睡觉都不能安生。大清早，妹妹正在洗脸，小星就在一旁问："你说，中国一共有多少人？"

"六万万。"妹妹用手巾蒙着脸，不清楚地回答。

有时候正在吃饭，小星也会把筷子放下，问："你说，我们吃的饭是哪里来的？"

"妈妈做的。"妹妹一边吃饭一边回答。

"什么？什么？"小星生气了，"农民伯伯种的！连这都记不住！"

于是，妈妈就在一旁说："快吃饭吧。你就没问到点儿上，叫妹妹怎么回答呢？"

"我不会问！"小星更生气了，把碗往桌上一放，连饭也不吃了，"你护着她，就叫你护着她，反正考不上学，我不负责！"

可是到夜里，睡了好一会儿了，小星又会突然坐起来，喊醒妹妹，问："你说，九加八是几？"

于是，妹妹就揉揉眼，把小指头数了又数。

就说今天吧，妹妹连早饭也没吃好，因为小星一直在催："快，快，少吃点也饿不着！"

妈妈在一旁说："你让她吃吧，才只有八点钟，她比你还着急呢！"

"八点钟！要是钟慢了怎么办？"说着，夺过妹妹手里的碗，就把妹妹拉跑了。

小星就是这样帮助妹妹的。现在，妹妹不练习怎么能行？

"不练习？"小星说，"你不练习，要是考不上……"

这种话顶顶起作用，因为妹妹就怕考不上。

"还跟在家里那样练习吗？"妹妹问。

"不，"小星说，"这次是真正的练习，我坐到这里，你要把我完完全全当成老师。现在，你到院里去。"

妹妹很听话地走到院里。

"郑小芸——"小星拉长声音，像真正的老师那样喊。

妹妹很快地跑进教室。

"怎么？郑小芸没来吗？"

小星故意不看妹妹，向门外问。

"我来了呀。"妹妹说。

"那你怎么不答应？"小星说，"我给你说过多少遍，应该先答应'到'，然后再进来。还有，应该规规矩矩走，不应该跑。"

第二回，妹妹照小星说的那样做了，可是行过礼，小星又说妹妹那行礼的姿势不对。

"你行礼怎么老把手伸到后边？"小星说，"郭老师最不喜欢那样行礼了，她说那样像小鸟飞的一样，很不好看。再行一个。"

妹妹把两只手紧紧贴到腿上，行了个礼，小星才算满意。接着，小星就由书包里取出七色纸，让妹妹认颜色。认完了颜色，又数珠子。这些把戏小星教妹妹玩了一暑假了，妹妹当然全会。甚至连红颜色和蓝颜色配到一块成紫颜色，十九个珠子加十九个珠子等于三十八个珠子，妹妹也知道。

"复习难题，"小星说，"复习的时候，应该复习难题。你说，天上为什么会下雨？"

"因为，因为，因为河里的水，"妹妹眨着眼，用劲想着，说，"河里的水到天上……"

"唉，真是，"小星又着急了，"河里的水怎么会到天上呢？水变成水蒸气，才能升到天上，天上冷，就变成雨了！你说，为什么会刮风？"

小星就是这样，总把他在三年级学到的知识，或是听老师讲过的东西，来考问妹妹。

"小星呀,"妈妈常常这样说,"妹妹还小,那些知识,到学校还要学哩。"

"你什么也不懂,"小星向妈妈发脾气,"老师说,今年的考试题难!"

小星就是怕考试题难了妹妹考不上,所以就教妹妹很多难题,有些难题连他自己也还不会哩。就说他现在问的为什么会刮风吧,妹妹想了好一会儿才说:"因为树枝动,就刮风。"

"树枝动就刮风?"小星说,"恰好说反了,刮了风树枝才动呢!刮风是因为有空气,空气动就刮风!"

"什么是空气?"

"连空气都不知道?"小星说,"老师说过,人离了空气就不能活!快复习,他们都来了。你说,兔子的尾巴为什么那样短?"

瞧,连老师讲的故事,小星也要考问妹妹。

就这样,小星一连问了妹妹好多个为什么,这时候别的小朋友已经都来了。小星忽然想起来,考试以前,应该好好休息脑筋,就向妹妹说:"快,别再复习啦,趴到桌上,闭住眼。"

"为什么?"妹妹问。

"休息脑筋。"小星说。

"我不。"

"那,要是考不上……"

妹妹听话地趴到桌子上,闭住眼睛,可是脑筋一点也没有休息,老在想着:为什么会下雨?为什么会刮风?为什么兔子的尾巴那样短？……

一会，叮叮当当的铃声响了。来考试的小朋友们，有的是爸爸领着，有的是妈妈领着，有的是哥哥或姐姐领着，大家都到大礼堂里，听老师讲话。小星拉着妹妹站到最前边。

"好好听，"小星向妹妹说，"这是讲考试规则的。"

老师讲完了话，就开始考试了。小朋友们一个个被喊到老师的屋子里进行考试。

"心跳了没有？"小星摸着妹妹的心口说，"考试的时候，心不能跳，一跳，就答不好了。"

妹妹的心本来没跳，小星一说，就真的跳起来了。怦怦怦怦，像敲小鼓儿一样。

"郑小芸。"一位挺漂亮的女老师在门口喊。

"嗯。"妹妹心跳得忘了说"到"。

"到！"小星替妹妹答应了一声，惹得旁边的小朋友们直朝他看。

小星把妹妹推到屋子门口，自己就赶快跑过去，贴在窗户玻璃上看。

唉，妹妹太慌了，走到老师跟前连行礼也忘了。小星直朝妹妹点头，可是妹妹根本不朝窗户看。

"你叫郑小芸吗？"那位挺漂亮的女老师坐到桌后边的椅子上问。

"嗯。"

小星多着急呀，妹妹怎么连"是"也不会说。

"你家里几口人？"

"四口。爸爸、妈妈、哥哥、我。"

"你会数数儿吗？"

"会。"

"好啦，"女老师说，"你考上了。"

"怎么？你们不问那些了吗？"妹妹奇怪地问。

"问什么呢？"

"就是那些，爸爸的名字，颜色，还有那些为什么……"妹妹一抬头，看见小星隔着玻璃直朝她瞪眼，就不说了。

女老师奇怪地往窗户一看，就看见了小星。小星赶忙把头缩了回去。

"郑小星就是你的哥哥吧？"女老师笑着问妹妹。

"嗯，不，是。"妹妹忽然想起来，不应该"嗯"，应该回答"是"。

"这很好，"女老师说，"哥哥为了帮你考上学，一定教给你很多知识。不过，看来他有些叫你怕他哩！从今天起，你已经是小学生了，现在，跟哥哥回家吧，开学的时候，可别迟到。"

妹妹规规矩矩地给那女老师行了个礼，像真正的学生那样，稳稳地重重地走了出来，一出门就扑到了小星身上。

"哥哥，考上了，"妹妹兴奋地说，"真的，我考上了。你那个花书包，这回可该给我用了吧？"

"嗯。"小星答应着，长长出了口气，拉着妹妹走了。

阅读感悟：

　　这篇儿童小说创作于1957年9月。时间已经过去60多年了，可在我们的生活中，这样的故事却仍在发生。这篇小说最出色的地方，就是从人物朴实的对话中，表现出人物的心思、性格。作家张有德长期担任小学教师，很熟悉孩子们的生活。通常，对笔下人物的熟悉和热爱，比表达技巧的运用更可贵。

洛塔倔头倔脑

（瑞典）阿·林格伦 / 著
任溶溶 / 编译

导读：
　　这篇故事选自瑞典著名作家林格伦的儿童小说《小洛塔和她的哥哥和她的姐姐》（书名是翻译家任溶溶先生拟的）。故事中的"我"叫玛利亚，约纳斯是玛利亚的哥哥，洛塔是玛利亚的小妹妹。为什么说小洛塔倔头倔脑呢？看完这篇故事你就明白了！

　　我们的爸爸非常好玩。他下班回家，约纳斯、我和洛塔就到门厅去迎接他，他一看见我们就哈哈大笑说："我的天！我有这么多的孩子！"

　　有一次他回家来，我们三个人躲在衣架后面，一声不响，爸爸马上问妈妈："我家那些闹闹哪儿去了？我这几个小宝贝病了吗？"

　　我们于是哈哈笑着打衣架后面跳出来。

"你们可别这样吓唬我!"爸爸说,"我回家来一定得乒乒乓乓,劈劈啪啪,要不,我就担心了!"

有一回,就在我家门口两辆卡车碰了一下,很响地啪啦一声,正在打盹的洛塔给惊醒了。"约纳斯在干吗?"她问道。天底下不管什么吵声,洛塔都以为是约纳斯干的。

洛塔那么小,有两条那么胖乎乎的腿,约纳斯和我都爱抱她。可她不怎么高兴人家抱。

洛塔不高兴的事情多着呢。上星期她咳嗽,妈妈要她喝咳嗽药水。可洛塔就是紧闭着嘴拼命摇头。

"你真傻,傻极了。"约纳斯说。

"我不傻。"洛塔说。

"你傻,因为你不肯喝咳嗽药水。"约纳斯说,"要我吃药,我下定决心吃药就是了。"

"要我吃药,我下定决心不吃药就是了。"洛塔回答说。

她就这样紧闭着嘴拼命摇头。妈妈拍拍她的脸蛋。

"那好吧,我可怜的小洛塔,我想你只好这么躺着咳嗽了。"

"那敢情好,我根本用不着睡觉了。"洛塔高兴地说。

要知道,洛塔夜里不想睡。我也不想睡。可我们的妈妈真怪!晚上我们一点不想睡她要我们睡,早上我们想睡她又要我们醒过来!

不过洛塔还是早该喝了那羹匙咳嗽药水,因为到第二天,她的鼻涕更多,咳嗽也越来越厉害了。妈妈对她说,她不能再出去了。她叫我给她到铺子里买东西。我跑着去了。我正站在那里等店员来招呼我,洛塔走了进来。她的鼻涕更多了。

"回家去。"我说。

"不回家,"洛塔说,"我也要上铺子来。"

她拼命地吸鼻涕,旁边一位太太问她说:"你没手绢吗?"

"我有,可我不借给别人。"洛塔回答说。

有一次妈妈带约纳斯、我和洛塔三个去看牙医生。妈妈发现洛塔的一颗牙有个小洞,要请牙医生给她补补。

"如果你在牙医生这儿乖乖的,我给你个五分币。"妈妈答应洛塔说。

我们看牙的时候,妈妈坐在候诊室。牙医生先给我看,我的牙没洞,就出来了,跟妈妈一起坐在候诊室里等。我们等约纳斯和洛塔,等了好半天。

最后妈妈说:"多奇怪呀,洛塔没哭闹!"

过了一会儿门开了,洛塔走出来。

"你勇敢吗?"妈妈想知道。

"他拔了一颗牙。"洛塔说。

"可你没哭?好,你真勇敢!"

"没有,我没哭。"洛塔说。

"你真是乖极了,"妈妈说,"我答应给你五分钱,喏,给你。"

洛塔接过五分钱,放进了口袋。她高兴极了。

"让我看看出血没有。"我要她张开嘴。

洛塔把嘴张得老大,可我看不出来哪一颗牙少了。

"她没拔牙!"我说。

"不对,他拔了……拔了约纳斯的。"洛塔说。

这时候约纳斯和牙医生出来了。

"我对你这位小姑娘实在一点儿办法也没有。她就是不肯张嘴。"牙医生说。

"不管到哪儿,这小不点儿都叫我们丢脸。"我们回家的时候,约纳斯在路上说。

"可我不认识他,"洛塔说,"我不高兴给不认识的人张嘴!"

爸爸说洛塔倔头倔脑的,像头老骡。

阅读感悟:

读完了故事,你该知道为什么说小洛塔是倔头倔脑的了。故事里总共写了几件事,来表现小洛塔的倔头倔脑?作者把小洛塔的倔头倔脑写得那么好笑,又是用了怎样的方法呢?小洛塔的话是好笑的,而写拔牙时,作者故意沉住气,让我们到最后才知道,小洛塔没有哭,是因为被拔掉牙的是约纳斯。这种欲扬先抑的写法,也让故事变得更有趣了。

秘密

陈月文 / 著

导读：
　　一个小妹妹，看到、听到上小学的哥哥做一切事、说任何话，都那么崇拜。可是，后来，她再不觉得哥哥所做的事、说的话是高不可攀的了，为什么呢？

　　哥哥上学了，这是家里的大事！

　　哥哥不再只穿内衣内裤了。他穿着学校发的笔挺校服，早早出门，午后才回家。

　　我好羡慕哥哥，羡慕他可以走出家门，走出巷子，走向我不知道的、遥远的学校。

　　哥哥每天回来都会很骄傲地告诉我和姐姐："今天老师教我们写注音符号。""我们老师教我们学写汉字了。"

　　看到哥哥从崭新的书包里拿出课本和作业簿，从崭新的铅笔盒里拿出铅笔和橡皮擦，看见哥哥用力握着铅笔，在一格格的作业簿上填充老师交代的作业,我就一百一千一万个崇拜。

哥哥也很享受我的崇拜。

他每天都用宣告圣旨般的声音宣布当天的功课,每天都要我把他的小书桌,搬到院子当中放好,让他可以安安静静地写功课。

哥哥恩准我站在他的旁边,看他一笔一画地写着老师交代的功课。但是,我得乖乖地、静悄悄地,不能说一句话,不能发出一点儿声音。

"否则,害我写错字,老师会打人!"哥哥说。

我总是乖乖地、静悄悄地看着哥哥写字;我总是好敬佩哥哥在一个个格子里,写下我不认得的字。

当哥哥说"好渴噢"时,我赶快进屋里去给他端开水。

当哥哥说"好热噢"时,我赶快回屋里拿出妈妈的扇子,轻轻帮他扇风。

哥哥写功课的时候,即使我好想好想睡午觉,我也会边打瞌睡,边站在哥哥的小书桌边,听候哥哥的差遣。

那一天的太阳特别大,午后没风没云也没半点儿清凉.我穿着姐姐留给我的碎花小洋装,站在小书桌边,看哥哥写功课。

"笔芯太短了,我要削铅笔。"哥哥说着,从铅笔盒里拿出小刀。

刀片划过,绿色铅笔上的外衣一片片滑落。

好神奇噢!

我看得好仔细,看得好佩服,也看得好神往。

"啊!"一道红色的血液从我小小的左手上喷出来。刀片居然划过我的手背,在我小指的根部划出一道血痕。

我吓呆了!

哥哥也吓呆了!

"谁叫你靠那么近!"哥哥指责我。

我没有辩解,只是呆呆地望着鲜红的血从我的小指根部一滴滴滑落。

"手放进口袋里。"哥哥命令。

我呆呆地看着他,想去找正在午睡的妈妈。

"不准去!"哥哥显然知道我的企图。

"把手放进口袋里。"哥哥说着,起身走向我,将我沾满了流淌着的鲜血的左手塞进我碎花小洋装的口袋里。

哥哥说:"把手放进口袋里,血就不会再流了。"

我低头看着塞进碎花口袋里的左手,犹豫着该不该相信他的话。

"把手放进口袋里,伤口才会好起来。"哥哥说完,还加了一句,"我们老师说的。"

听到是他们老师说的,我完全不怀疑了。

我塞在碎花口袋里的手不再毛躁,安心地躺着,等待伤口在口袋中复原。

"不可以跟别人讲噢!"哥哥叮咛我,"如果你跟别人讲了,血就会再流出来!"

我乖乖地点点头。

妈妈醒过来了，哥哥的功课也写好了。

今天，他自己收桌子，自己收椅子，而且乖乖地把掉落满地的铅笔屑、橡皮屑都扫干净了。

妈妈烧好水，呼唤我们洗澡了。

哥哥洗好了，姐姐洗好了，轮到我了。

"来，把衣服脱下来。"妈妈在试水温的时候，像往常一般指示。

我没有动。

"把衣服脱下来，洗澡呀！"妈妈的声音提高了。

我依然没有动，也没有说话。

"你这孩子怎么啦！"妈妈说着，动手帮我脱衣服。

"哎哟！"我大叫起来，一方面因为痛，一方面担心伤口会破裂，血会流出来。

"小文，你的手怎么啦？"妈妈握着我沾满血迹的手。她的声音在发抖。

"哇！"我大哭起来。

妈妈一把抱起我，到橱柜里拿出双氧水和红药水，一一为我清理伤口。

我一直哭一直哭，憋了整个下午的委屈一下子全倾泻在妈妈的关怀里。

妈妈帮我包扎好伤口了，我的泪也停歇了。

"怎么回事？"妈妈开始扮演包公审判罪状。

我一一说出下午发生的事。

"阿辉!"妈妈大声呼叫大哥。

大哥一走到跟前,立刻先发制人:"是她自己靠得那么近。"

妈妈没有处罚大哥。她只是告诫我们,受了伤,要赶快告诉大人,让大人帮忙处理,免得一发不可收拾。

说也奇怪,受伤之后,哥哥、他的功课、他们老师,在我的心里,不再那么高不可攀了,我也不再看他写功课,帮他搬桌椅了。

阅读感悟:

受伤之后,"我"终于发现,哥哥做的事、讲的话,并不都是对的。于是,对哥哥不再那么迷信。如果你是男孩,会希望有文中这样一个小妹妹吗?如果你是女孩,会希望有一个文中这样的哥哥吗?

羊的故事

　　羊,是人类最早驯化的家畜之一。人和羊的故事,古今中外,一直都在发生。

母羊

赵丽宏 / 著

导读：
作者曾认为羊是一种性格温顺、胆怯、懦弱的家畜。是什么事情，让他改变了这种看法？文章的标题，有什么用意？

刚下乡的时候，无人可说话。被人用审视的目光窥探时，宁可将视线对着土地，地上有青青的野草，还有隐藏在草丛里的星星点点的小野花，地上的这些景象，我百看不厌。和我一样对土地和青草看不厌的，还有一些异类朋友——羊。

在人烟飘荡的乡野之地，最常见的就是羊。它们很温顺，很憨厚，也很乖巧，或者两只三只，或者孤身只影，在路边和田头低着头吃草。见到有人经过，偶尔会抬起头来，用沉静的目光看着你，也许会"咩"地长叫一声，叫得你心颤。这叫声里，包含着许多凄凉和无奈。我曾经很仔细观察过羊的眼睛，它们的目光清澈而黯然。以人的目光看它们，这些黑蓝相间的眼睛从来没有变化，被关在羊圈里失去自由时是这样，孩子们笑着用青草喂它们时是这样，在田野里自由散步时也是这样，甚至在被牵进屠场时，还是这样。听到它们那凄凉无奈的叫声时，我总想，它们大概也会有悲欢忧愤的吧，只是我无法感知罢了。在从前读过的有动物的童话故事里，羊永远是忠厚而孱弱的一族，可怜巴巴地被凶猛残忍者欺负。记得小时候看马戏团演出，有羊拉车，羊走钢丝，看它们被鞭子驱使着，毫无表情地完成主人命令它们完成的动作，觉得于心不忍。在所有的马戏节目中，我最不喜欢看的，就是羊的表演，并不是讨厌它们，而是可怜它们。

那天在田里种油菜，看到一只母羊和两只小羊在路边吃草，两只小羊不安分地围着母羊乱转，不时从田里跑到路中间。低着头吃草的母羊被小羊搅得心神不宁，停止了吃草，默默地看着它的这一对顽皮的儿女。这时，路上走过来一群孩子，领头的是村里的淘气大王。大概是为了在孩子们面前表现他的勇敢和强悍，走到三只羊身边时，他飞起一脚，将一只小羊踢翻在路边，又俯下身子，一把抱起另一只小羊，拔腿就跑。这时，发生了我意想不到的一幕：母羊先是冲到跌倒在地的小羊的身边，帮它挣扎着站起，又用嘴轻轻安抚了它一下。当发现另一只小羊被抱走时，它大叫一声，拔腿就追上去。只见它疾步奔到那淘气大王的前面，转过身子，站在路中间挡住了他的去路。淘气大王抱着小羊停住了，母羊的举动使他吃惊，一时不知所措。母羊一动不动地站在路上，和他对峙着。跟在后面的孩子们都惊呆了,默默地看着这人和羊对峙的局面。母羊的目光,看上去依旧平静木然,没有焦虑,也没有愤怒。抱着小羊的淘气大王却愤怒起来:"你一头老实巴交的羊,竟敢和我过不去?笑话!"听见小羊在他手里大声哀叫,他用力拍一下小羊的脑袋,迈开脚步,想绕过母羊继续向前走。接下来出现的情景很精彩:母羊低下头,用它那两只短而小的角对准淘气大王猛冲过去。淘气大王猝不及防,想躲,却躲不开,惊叫一声,被撞翻在路中间,逃脱的小羊连声叫着奔到母羊的身边。母羊只是用身体撞了淘气大王一下,它的角并未顶到对手。见小羊恢复了自由,母羊便停止了攻击。这时,另一只小羊也跑过来了,母羊带着两只小羊又回到路边,仿佛什么事情也没发生,重新低着头吃它们的青草,一副悠闲的样子。那淘气大王狼狈地从地上爬起来,大概觉得很没面子,捡起一块土坷垃朝母羊丢去。土坷垃打在母羊身上,母羊只是抖动了一下身体,竟没有其他反应。淘气大王还想在路边找土坷垃,一个农妇愤怒地喊着从田里奔过来,这是羊的主人。孩子们一哄而散。这时,母羊抬起头,看着孩子们的背影,声音颤抖地长叫了一声。我看到它的眼睛,还是老样子,清澈而黯淡,平静而木然。不过这次我终于发现了羊的另一面,它们的本性中未必都是胆怯和懦弱。尽管这只是夜空中流星似的一闪,夜空中有这样耀眼的一闪,黑暗似乎就不再是无穷无尽了。

  羊儿们低着头吃草。田野里的青草和野花是永远也不会绝迹的,沉静的羊,它们的目光里便永远有充实的内容。生而为羊,也只能大致如此了。

阅读感悟：
  文章的标题是"母羊"。作者在文中，主要写了一只母羊在母爱的驱使下，从"淘气大王"手中夺回小羊羔的事情。这篇散文用欲扬先抑的写法，表现了"我"对羊的看法的改变。文章表面在写羊，暗中却表达了对人性的思考。

山羊兹拉特

（美）艾萨克·巴什维斯·辛格 / 著

刘兴安　张　镜 / 编译

导读：
　　这是一篇小说，讲述了一个12岁的男孩阿隆和一只名叫兹拉特的母山羊，共同经历了一场暴风雪的感人故事。作者是一位了不起的小说家，曾在1978年获得诺贝尔文学奖。阅读这样一篇杰出的小说，应当用心品味其中的每一个句子。假如你能够领会作家的用意，那么，多花费一点时间也是值得的。

　　往年光明节，从村里到镇上的路总是冰雪覆盖。但是这年冬天天气却很暖和，光明节快要到了，还没有下过雪。大部分时间天气晴朗，农民们担心，由于干旱，冬粮收成准不会好。嫩草一露头，农民们就把牲畜赶到牧场去。

　　对皮货商鲁文来说，这年更是个坏年头，他犹豫了好久，终于决定卖掉山羊兹拉特。这只山羊已经老了，挤不出多少奶了。

镇上的屠夫费夫尔愿出八个银币买下这只山羊。用这笔钱可以买光明节点的蜡烛、过节用的土豆和做薄煎饼用的脂油，还可以给孩子们买些礼物，给家里添些过节用的其他必需品。鲁文叫他的大儿子阿隆把山羊赶到镇上交给屠夫费夫尔。

阿隆知道把山羊交给屠夫费夫尔准没好事，但是他又不敢违抗父命。阿隆的母亲听说要卖掉山羊，伤心得哭了。阿隆的妹妹安娜和密丽安也放声大哭。阿隆穿上棉夹克，戴上有耳套的帽子，在山羊兹拉特的脖子上拴了根绳子，带上两片涂着乳酪的面包准备路上吃。家里人要阿隆送完羊晚上就在屠夫家过夜，第二天把钱带回家。

家里人和山羊依依不舍地告别。阿隆在羊脖子上拴绳子时，山羊像往常一样，温顺地站在那里。山羊舔着鲁文的手，摇着它那小小的白胡子。兹拉特一向信任人类。它知道，人们总是喂它东西吃，从来没有伤害过它。

阿隆把羊赶上通往镇子的大道时，山羊似乎有点惊奇，因为以前从来没有朝那个方向走过。山羊回过头来诧异地瞧着阿隆，好像在问："你要把我赶到哪里去呀？"但是过了一会儿，山羊又好像自言自语地说："山羊是不应当提出疑问的。"可是，路毕竟不是往日所熟悉的路。他们通过陌生的田野、牧场和茅舍。不时有狗叫着追赶他们，阿隆用棍子将狗赶跑。

阿隆离开村子时还出着太阳，可是突然间天气变了。东边天空出现了一大片乌云，那云微带蓝色。乌云迅速布满天空，一阵冷风随之而起。乌鸦飞得很低，呱呱地叫着。起初，看样子像是要下雨，但是实际上却像夏天那样下起冰雹来。虽然当时是上午，但是天昏地暗，好像黄昏一样。过了一会儿，冰雹又转为大雪。

阿隆已经12岁了，经历过各种天气，但是他从来没有看到过这样大的雪。大雪纷飞，遮天蔽日，顿时一片昏暗，不一会儿就分辨不清哪儿是道路哪儿是田野了。寒风刺骨。通向镇上的路本来就很狭窄，又弯弯曲曲，阿隆找不着路了。风雪交加，使他分不清东西南北。寒气逼人，冷风透过棉夹克直往里钻。

起初，兹拉特好像并不在意天气的变化。山羊也12岁了，知道冬天意味着什么。但是当它的腿越来越深地陷进雪里时，它便不时转过头来茫然地瞧着阿隆。它那温和的眼神似乎在问："这么大的暴风雪，我们出来干什么呢？"阿隆希望能够遇见一位赶车的，可是根本没有人打那里经过。

雪越积越厚，大片大片的雪花打着转儿落到地面上。阿隆感到靴子触到了雪下刚犁过的松软土地。他意识到他已离开大路了，他迷失了方向，分不清哪里是东，哪里是西，弄不清哪边是村子，哪边是镇子。冷风呼啸着，怒吼着，卷起雪堆在地上盘旋，犹如一个个白色小魔鬼在田野上玩捉人游戏。一股股白色粉末被风从地上掀起。兹拉特停住不动了，它再也走不动了。它倔强地站在那儿，蹄子好像固定在土地里，咩咩地叫着，好像在恳求阿隆把它赶回家似的。冰柱挂在山羊的白胡子上，羊角上结了一层白霜，发出亮光。

阿隆不愿承认他已陷入危难之中，但是他知道，如果找不到地方躲避一下风雪，他和山羊都会冻死。这场风雪与往日的不同，是一场罕见的特大暴风雪。雪已没过了双膝，手冻僵了，脚也冻麻木了，他呼吸困难，风雪呛得他喘不过气来。他感到鼻子冻得发木，他抓了一把雪揉搓了一下鼻子。兹拉特的咩咩叫声听起来好像是在哭泣，它如此信赖的人类竟把它带到了绝境。阿隆开始乞求上帝保佑自己和这只无辜的山羊。

突然，他看到了什么，好像是座小山包。他纳闷那到底是什么东西。谁能把雪堆成这样的山包呢？他拖着兹拉特，想走过去看个究竟。走近一看，他才认出那山包似的雪堆原来是个大草垛，已经完全被积雪覆盖了。

阿隆这时才松了一口气：他们有救了。他费了好大劲，在积雪中挖出一条通道。他是在乡村长大的，知道该怎么办。他摸到干草以后，替自己和山羊掏出一个藏身的草窠来。不管外边多么冷，干草垛里总是很暖和的，而且干草正是兹拉特爱吃的。山羊一闻到干草的气味，立即心满意足地吃起来。草垛外面，雪继续下着。大雪很快重新覆盖了阿隆挖出的那条通道。阿隆和山羊需要呼吸，而他们的栖身之地几乎没有一点空气。阿隆透过干草和积雪钻了个"窗户"，并小心地使这个通气道保持畅通。

兹拉特吃饱之后，坐在后腿上，好像又恢复了对人类的信赖。阿隆吃了他带的两片面包和奶酪，但是一路上艰苦奔波，他还是感到饿。他瞧了瞧山羊兹拉特，发现山羊的双乳鼓鼓的。他躺在山羊旁边，尽量舒服些，以便他挤出羊奶时，奶汁能够喷到他嘴里。山羊的奶又浓又甜。山羊不习惯人们这样挤奶，但它没有动。看来它急切地想要报答阿隆，感谢阿隆把它带到这个可以躲避风雪的地方，这个避难所的墙壁、地板和天花板都是它的美餐。

透过"窗户"，阿隆可以瞥见外边的灾难景象：风把一股股的雪卷起来；到处一片漆黑，他弄不清是到了夜晚呢，还是由于暴风雪才这样天昏地暗。谢天谢地，干草垛里不冷。干草、青草，还有田野里的花朵，散发出夏天太阳的温暖。兹拉特不停地嚼着干草，时而吃上面的草，时而吃下面的草，时而吃左边的草，时而吃右边的草。山羊的身体散发着热气，阿隆紧紧地依偎着山羊。他一向喜欢兹拉特，现在山羊简直像他的姐妹一样。他思念家里人，感到很寂寞，想说话来解解闷儿。他开始对山羊说话。

"兹拉特，你对我们遇到的这场灾难有什么看法呢？"他问道。

"咩。"兹拉特回答说。

"如果我们找不到这个干草垛，咱们俩现在早冻僵了。"阿隆说。

"咩。"山羊回答说。

"如果雪这样不停地下，我们就得在这里待好些天。"阿隆解释说。

"咩。"兹拉特叫道。

"你这'咩''咩'是什么意思呢？"阿隆问道，"你最好说个清楚。"

"咩，咩。"兹拉特想要说清楚。

"好吧，那你就'咩'吧，"阿隆耐心地说，"你不会说话，但我知道你懂了。我需要你，你也需要我，对吗？"

"咩。"

阿隆瞌睡来了。他用草编成一个枕头，枕在上面，打起盹来。兹拉特也睡着了。

阿隆一觉醒来，睁开眼睛，弄不清是早晨还是夜里。积雪又封住了"窗户"。他想把雪清除掉，但是当他把整个手臂伸直时，仍然没有够到外边，幸好，他带着一根棍子，他用棍子朝外捅出去，这才捅透积雪。外边仍然一片漆黑。雪还在下，风还在呼啸，先是听到一种声音，然后是许多声音。有时风声像鬼笑一般。兹拉特也醒了，阿隆向它打招呼，山羊仍以"咩"回答。是啊，兹拉特的语言虽然只有一个字，但却代表着许多意思。山羊现在好像在说："我们必须接受上帝赐给我们的一切——温暖、寒冷、饥饿、满足、光明、黑暗。"

阿隆醒来时感到很饿。他带的食物都已经吃光了，但是兹拉特有的是奶汁。

阿隆和兹拉特在干草垛里待了三天三夜，阿隆一向喜欢兹拉特，但是在这三天里，他更感到离不开兹拉特了。兹拉特供给他奶汁，温暖他的身体。山羊的耐心使他感到安慰；他给山羊讲了许多故事，山羊总是竖起耳朵听着。他爱抚地拍拍山羊，山羊便舔他的手和脸。山羊"咩"一声，他知道这声音的意思是说：

我也喜欢你。

雪接连下了三天，虽然后两天大雪减弱了，风也缓和了。有时候，阿隆感到好像从来没有过夏天，雪好像没完没了，总是下个不停，从他能够记事起一直就是这样。他——阿隆——好像从来没有过父母姐妹。他是雪的孩子，生长在雪中，兹拉特也是这样。干草垛里安静极了，他的耳朵在寂静中嗡嗡作响。阿隆和兹拉特不光晚上睡，白天大半时间也在睡。阿隆做的全是天气转暖的梦。他梦见绿油油的田野，鲜花盛开的树木，清澈的溪流，啾啾歌唱的小鸟。第三天晚上，雪停了，但是阿隆不敢摸黑去寻找回家的路。天放晴了，月亮升起来了，银色的月光洒在雪地上。阿隆挖了一条通道走出了草垛，向四周张望。到处白茫茫的，静悄悄的，像一片极美好的梦境。星星又大又密。月亮在天空游泳，就像在海里游泳一样。

第四天早晨，阿隆听到了雪橇的铃声。看来草垛离大路不远。驾雪橇的农民给阿隆指了路，但指的不是通向镇上找屠夫费夫尔的路，而是回村子的路。阿隆在草垛里已拿定了主意：再也不和兹拉特分开了。

阿隆家里的人以及左邻右舍在暴风雪里找过阿隆和山羊，但是毫无结果。他们担心阿隆和山羊完了。阿隆的母亲和妹妹悲伤哭泣；他父亲沉默不语，闷闷不乐。突然，一位邻人跑来报告他们一个好消息：阿隆和兹拉特回来了，正朝家走呢。

全家一片欢乐。阿隆向家里人讲述了他怎么找到草垛、兹拉特如何供他奶喝。阿隆的妹妹们又是亲兹拉特，又是拥抱兹拉特，还用剁碎的胡萝卜和土豆皮款待兹拉特，兹拉特狼吞虎咽，美餐一顿。

从那以后，再没有人提起要卖兹拉特了。寒冷的天气终于来临了，村民们又需要鲁文为他们做皮活了。光明节到来时，阿隆的母亲每晚都做薄煎饼，兹拉特也得到一份。尽管兹拉特有自己的羊圈，但是它常来厨房，用犄角敲门，表示想来拜访，人们总是放它进去。晚上，阿隆、密丽安和安娜玩陀螺，山羊坐在炉旁，或瞧孩子们玩，或对着光明节蜡烛的火苗出神。

阿隆有时问山羊："兹拉特，你还记得我们一块儿度过的那三天三夜吗？"

兹拉特便用犄角搔搔脖子，摇晃着白胡子，"咩"一声。这个单纯的声音表达了山羊兹拉特全部的思想、全部的爱。

阅读感悟：

  这是世界文学史上，写人与动物感情最成功的小说之一。小说并没有用拟人化的写法，让山羊兹拉特具有人的思想感情，它始终只是一只羊，这反倒让故事更加感人。即将被卖给屠夫，好让贫穷的一家人补贴家用的兹拉特，却在一场突降的暴风雪中，救了阿隆的命。最终，一家人再不舍得卖掉它，而是把它当作家中平等的一员来看待。小说表达了人与动物相互依存的主题。小说对风雪的描写，不断把读者带入动人的意境中，并不断推动着小说情节的发展，显示着作者非凡的表达才能。

三头小羊

叶圣陶 / 著

导读：

城市孩子对小羊也许是陌生的，而对乡村孩子来说，小羊也许是童年最好的玩伴。真民在外婆家，得到了三头小羊，他将怎么对待它们呢？

真民到外婆家去。外婆家有三头小羊，毛色雪样白，脸上带着笑意，非常可爱。他就和它们玩，一同在草地上打滚，互相追来追去。

真民动身回家的时候，舍不得三头小羊，心里不好过，脸上好像要哭了。外婆懂得他的意思，就把三头小羊送给他。

真民快活极了，谢了外婆，把三头小羊牵回家。一走进门，他高声喊："牵着小宝贝回来了！"真民搭了个木棚，里面铺着干净的稻草，让小羊睡在上边。

每天早晨，真民开木棚的门，小羊跳出来欢迎他，"咩，咩，咩"。他抱抱这一头，又抱抱那一头，非常亲爱。

他同小羊到河边的场上，吸新鲜空气，看太阳升起来。

下午放学，他又同小羊到场上打滚、赛跑，送鸟儿飞回树林去。

他常常说："我的好朋友很多，除了全校同学，还有三个小宝贝。"

阅读感悟：
真民喜爱三头小羊吗？从哪里可以看出？他怎么称呼它们，又是怎么对待它们？你有过善待小动物的经历吗，能否也写下来，和大家分享你的快乐？

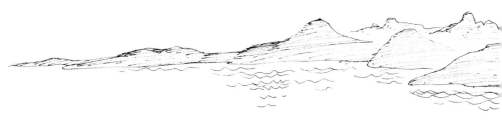

四只笨狼

　　传说中的狼,是一种可怕的动物,大人常常用狼来吓唬小朋友。狼真的有那么可怕吗?童话里的狼,会不会变得很傻很可爱呢?

笨狼阿灰

孙以苍 / 著

导读：
笨狼阿灰做了个美梦，梦中吃到了羔羊、公鸡、牝马、小牛。第二天，阿灰果然遇到了梦中的美味。阿灰会吃到他们吗？

阿灰是一只大笨狼，天性懒惰，动作迟缓，猎食的本领又差劲，因此经常处于饥一顿饱一顿的半饥饿状态。有一天，他做了一个梦，梦见面前陈列着许多美味的佳肴，有肥嫩的羔羊、可口的公鸡、难得一见的牝马和丰腴香甜的小牛，醒来犹垂涎三尺，心想，有这样的好兆头，今日定会大快朵颐了。

阿灰高兴地走下山来，驻足山麓，举目四眺，但见前面两百米外辽阔的草原上，一大群洁白的山羊正悠闲地来回徜徉。更令他欣喜若狂的是，近在咫尺有只离群的小羊羔，毫无警觉地在低头啃草。阿灰悄然溜到羊羔身边，调侃地说："喂！朋友，对不起，我想拿你当早餐，希望你不要推辞。"

"我是名虔诚的教徒，临死之前，希望你容许我做最后一次祈祷。"羊羔心中很惊恐，但是情急生智。

"可以，"笨狼大方地说，"不过请你快一点儿。"

羊羔后退了两三步，用前蹄在地上画了个十字架，然后昂首哀叫，声震原野。等阿灰弄清楚羊羔所做的是求救的信号时，四只凶猛健硕的牧羊犬已箭一般地飞奔而来。笨狼自知不是他们的对手，只得抱头鼠窜。转过山脚，没见牧羊犬追踪，这才放下心来。阿灰十分懊悔，不该给羊羔求救的机会，以致白白损失了一顿精美的早餐。

突然，他又看见山坳有只大公鸡正在啄食小虫。阿灰想："梦真的灵验。丢了羊肉有鸡吃，真的是运气来了。"

纵身一跃，落到公鸡附近，笨狼阿灰说："大公鸡，你别想跑，告诉你，你就是我的早餐。"

公鸡抖抖羽毛，无可奈何地道："碰到你，我除了让你吃，还有什么办法呢？假如你，灰狼先生，肯让我做一次临死前的长啼，我死后都会感激你。"

"想要花招搬救兵是不是？别妄想了，刚才我已上了一次当，不会再那么傻了。"笨狼驳斥道。

"没人会救我，灰狼先生，"公鸡祈求道，"如果你怕我逃了，你可以先咬住我的尾巴。"

"好吧，让你啼一声也没关系。"阿灰一口咬住公鸡的尾巴。公鸡一伸脖子，尾巴也竖立起来，羽毛从笨狼的口腔和咽喉拉出来。阿灰只觉奇痒难耐，张口打了个喷嚏。公鸡哪敢怠慢，展翅奋力一飞,腾上树顶。到嘴的食物竟然飞了,笨狼气得直跺脚。死里逃生的公鸡却得意地昂首长啼。

阿灰失望地走出山坳,一抬头,不禁又喜上眉梢。原来有一头小牛正在溪边饮水。牛动作慢,笨狼不怕他逃走,大模大样走到小牛跟前,开口道:"小牛,你给我躺下,让狼大爷吃个饱吧!"

小牛看看笨狼,知道已无路可逃,便爽快地说:"狼大爷,我躺下让你吃岂不麻烦?不如你张开嘴,我把头进到你嘴里,省事方便得多。"

笨狼听了,认为也有道理,遂道:"行,我把嘴巴张大点,你送过来好了。小牛,想不到你还是个漂亮的角色,哈哈!"他乐得大笑。

小牛见巧计得逞,便后退两步,猛力向前一冲,待冲到笨狼嘴边时,双角一掀,把笨狼掀落溪底,然后扭头狂奔,一溜烟似的逃得无影无踪。

阿灰摔得不轻,挣扎着爬上岸,犹如落汤鸡,一副狼狈不堪的模样。他抖抖身上的水珠,一步一拐地沿溪边走去。才走出溪谷,迎面来了匹牝马。阿灰又得意了,自言自语地说:"福气依然在,神明于梦中显示,今天有佳肴可吃,是假不了的。错过了羊、鸡、牛,能够饱餐一顿马肉也好。"

笨狼大嗥一声,张牙舞爪地拦住牝马,喝道:"牝马,不准动,我要吃你。"

岂料牝马毫不示弱,大声吼道:"灰狼,你好大的胆子,敢来吃我！上帝已颁下御旨，谁吃牝马，雷就打谁！"牝马有恃无恐。

"我不信！"阿灰咆哮着。

"不信，你看看我的蹄子，蹄子上有上帝的告示。"牝马举起后蹄让笨狼观看。

阿灰半信半疑地凑近牝马。牝马看准了笨狼的眼睛，用尽吃奶的力气踢了过去。笨狼痛苦地倒在地上抱头翻滚。牝马则迈着轻快的步伐扬长而去。

阅读感悟：

  阿灰为什么会被称为笨狼呢？故事里有答案。这样的故事，非常适合几位同学一起，开展分角色朗读，或者排演一场小话剧。你能用生动有趣的口吻，来模拟故事里各种动物说话时的语气和腔调吗？

一只笨狼

乌克兰民间童话

徐先良 / 编译

导读：
在民间文学作品中，通常让强大凶残的恶者丑态百出，一败涂地。故事中的笨狼，一次次被虐，却又一次次犯傻，引人发笑，很好地体现了民间童话的特点。

从前有一只笨狼，笨得什么猎物都逮不到了，都快要饿死了。于是它跑到一个农夫那里讨东西吃。它装出一副非常可怜的样子！

"农夫呀，"狼说，"请行行好，给我一点儿东西吃吧，不然我就要饿死啦！"

"你要吃什么呀？"农夫问。

"什么都行。"

"那边草地上有一匹马在吃草，你去把它吃掉吧！"

狼立即离开农夫，哒哒哒地跑走了。他跑到那匹马跟前说："你好，马儿！农夫让我来吃掉你。"

"你是谁，为啥要吃我？"

"我是狼。"

"不对，你撒谎，你是狗！"

"我真的是狼呀！"

"喏，如果你当真是狼，那你从什么地方开始吃我呀？"

"就从头吃起吧。"狼说。

"唉，狼呀，狼！"马说，"既然你想吃掉我，那就该从尾巴吃起。当你向我身体中间吃的时候，我将吃好多好多的草，那时你再吃我，不是可以吃得更饱吗？"

"好吧，就这么办！"狼说着就赶紧跑到了马尾巴那边。

狼刚抓住马的尾巴，马就扬起蹄子，当的一声踢中了狼的嘴巴……那狼顿时连死活都不知道了……

马立刻一溜烟地跑走了。狼无精打采地坐在那儿，心想："我呀，可真是个大傻瓜：为什么我不抓它的喉咙呢？"于是狼又去找农夫讨吃的东西。

"农夫呀，"狼说，"就行行好，给我点儿吃的吧，不然我就要饿死啦！"

"难道一匹马你还嫌少吗？"农夫说。

狼嚎叫着说："我恨不得活活地剥下马的皮！我不但没有把这鬼东西吃掉，嘴巴倒差点给它踢碎了！"

"既然这样，"农夫说，"你再去看看吧，那边山崖上有一只肥嘟嘟的绵羊在吃草,你去把它吃掉吧。"

狼去了。一只绵羊果然正在山崖上吃草。

"你好,绵羊!"

"你好!"

"农夫让我来吃掉你。"

"你是谁,为什么要吃我?"

"我是狼!"

"不是,你撒谎,你是狗!"羊说。

"不,我真的是狼呀!"

"你当真是狼,那你要怎样吃我呀?"

"你问怎么吃吗?就从头吃起吧!"

"哎呀,狼呀,狼!"绵羊说,"既然你想吃我,最好还是你站在悬崖上,把嘴张大点儿,我自己往你嘴里跳。"于是,狼就站到悬崖上,张开了大嘴。绵羊使足了劲儿,直向狼的脑门子撞去,狼一下子跌下了山崖……这下子它可是好好地吃了一顿!

可怜的家伙坐起来哀嚎:"哎,我可真是个大傻瓜呀!我这不是疯了吗?哪有大肥肉自己往嘴里跳的事儿呀?"

它想呀想呀,就又去找农夫讨东西去了。

"农夫呀,"狼说,"请行行好!给我点东西吃吧,不然我就要饿死啦!"

农夫说:"哎呀,你的胃口可真大呀!真拿你没法子!你再去看看吧。老婆婆把一块黄油丢在了路上,你去吃掉吧。"

狼跑到农夫说的地方，一看，果然有一块黄油躺在那儿。

狼坐下来，心里想："我倒是该吃了它，可黄油是咸的，吃了要喝水的呀。我先去喝点水，回来再吃也不晚……"于是狼就找水去了。

就在狼到小河边找水喝的时候，老婆婆发现黄油丢了。她顺着原路往回找，看见黄油丢在路上，就捡走了。狼回来了，可黄油已经没有了。

狼坐下来哀嚎起来："唉！我可真是个大傻瓜呀！我这不是疯了吗？谁会没吃东西就去喝水的呀？"

坐着坐着，肚子饿得受不了啦。

没法子，就又去找农夫讨东西吃。

"农夫呀，"狼说，"请行行好，给我一点东西吃吧，不然我就要饿死啦！"

"你一会儿要这，一会儿要那，真烦死人了！真拿你没办法！你去看看吧，离村子不远，有一头猪在吃食，你就把它吃掉吧！"

狼去了。

"你好呀，猪老兄！农夫让我来吃掉你。"

"你是谁，为啥要吃我？"

"我是狼。"

"撒谎，你是狗！"

"不，我是狼！"

"难道狼会没有东西吃？"

"没有。"狼说。

"既然没有,你就坐在我身上,"猪说,"我把你驮到村子里。我们那里现在正在选举各级长官,说不定把你也选上。那时候你可就要啥有啥啦。"

"好吧,快驮我去吧!"

狼坐在猪背上,向村子走去。猪哼哼地叫起来,狼害怕了。

"你这是哼什么呀?"

"我这是在喊人,好快些把你选为长官呀!"猪说。

突然,人们从房子里冲出来,人人手里抄着家伙,有的拿火钩子,有的拿炉叉子,有的拿铁铲子。这下呀,狼吓得连气都喘不上来了。

"猪老兄,为啥跑来这么多人?"狼悄悄地问。

"是来找你的呀。"猪说。

人们呼啦一下把狼围在中间,敲呀,打呀,把狼打得连吃也不想了。它好不容易逃脱了追打,路上又恰巧碰上了一个裁缝,裁缝正拿着尺子赶路。

"我要把你吃掉。"狼说。

"你是谁,你有什么法子把我吃掉呢?"

"我是狼。"

"撒谎,你是狗!"

"不,我真的是狼!"狼说。

"你身体可是不高呀!来,我给你量一下。"

裁缝拧住狼尾巴,开始用尺子揍起狼来,一边揍一边说:

"你是长一尺,宽一尺……"

狼不得不赶紧跑掉！可这次它不是去找农夫，而是跑到狼群那儿：

"狼老弟，狼老弟！不好啦，不好啦！"

几只狼一起跑去找裁缝！裁缝一看狼来了，就爬到一棵树上，爬到了树顶上。狼围住了那棵树，把牙咬得咔嚓咔嚓响，那只笨狼说：

"弟兄们，不行呀，这样咱们什么也得不到的！最好这样：我站在地上，你们站在我身上，一个接一个，搭成一个梯子！"

狼按照那笨狼的主意，一个接一个地搭起了一个梯子。

最上面的一只狼喊道：

"喂，裁缝，快下来，我们要吃你！"

"啊噢，"裁缝说，"狼老弟，开开恩，不要吃我吧！"

"不，不行，快下来！"狼嗥叫着。

"那你们等一等，临死之前我得抽支烟。"裁缝说。

他刚一抽就"阿嚏"一声打了个喷嚏。下边的一只狼以为裁缝在用尺子揍最上面的那只狼，就喊："尺子来了！"那只狼害怕了，身子一晃，别的狼就一下子全跌了下来，相互压在了一起。那只笨狼撒腿就跑，其他的狼也相随其后，跑得无影无踪了……于是裁缝从树上爬下来，平安地回家去了。

阅读感悟：

　　故事中的笨老狼，为什么会这么傻呢？民间童话，通常是口头流传的故事，表达的是普通劳动者的思想情感和美好愿望，目的是逗小孩玩，让小孩感到安慰和快乐。这也是一篇可以排演成一出戏剧的故事。有趣的是，故事运用了复沓回环（反复）表达方法，老狼与农夫、马、绵羊、猪的对话，始终在重复同样的语句。这种表达方法不断推动着故事情节的发展，呈现出一种稳定的节奏感，还可以营造出一种活泼、轻松、诙谐的趣味，在民间文学中经常运用。

诚说不诚说

汤素兰 / 著

导读：
  这篇故事选自汤素兰童话《笨狼的学校生活》。故事里的笨狼，不再像一只狼，更像是一名憨头憨脑的小学生。笨狼到底遇到了什么事？他该不该把事情说出来呢？

  学校考试，笨狼每次都是最后一名。笨狼妈妈说："笨狼啊，你读书应该努把力，不要每次都考最后一名，好不好？"

  笨狼答应了。

  下一次测验，笨狼果然不再是最后一名了。最后一名是猪小胖，笨狼倒数第二。

  回到家，笨狼把这个消息告诉爸爸妈妈，爸爸妈妈特别高兴，他们鼓励说："笨狼，你是好样的。只要努力，就有进步！"

  猪小胖因为考了倒数第一，被猪爸爸打得鼻青脸肿，还饿了三顿饭。

笨狼回家对爸爸妈妈说:"猪小胖好可怜啊!"

爸爸妈妈想了想,说:"每个同学的爸爸妈妈都希望自己的孩子不是最后一名。"

"可是,总得有人是最后一名啊!"笨狼说。

"是呀。"

"还是我当最后一名吧,反正你们不会打我,也不会让我饿肚子。"笨狼说。从此,笨狼就一直是班上的最后一名。

但老师和同学们都喜欢笨狼,森林镇的大人们也喜欢他,大家都不嘲笑他笨。笨狼的爸爸妈妈也骄傲地说:"我们家笨狼是为别的同学着想,才总是得最后一名的。"

笨狼特别乐于助人。有一回,鹅太太上体育课,领着同学们跑步。猫小花跑着跑着摔倒了,跌在一块石头上。女生特别要面子,虽然摔得很疼,但猫小花看看没人看见,爬起来拍掉膝盖上的尘土又赶紧跑。

笨狼一边大叫:"鹅太太,猫小花摔了一跤!"一边热心地跑上前去,问猫小花:"猫小花,很疼吧?"还伸出爪子给猫小花摸膝盖,蛮有经验地说:"哭吧,我摔了跤总是大哭,一哭就不疼了!"

猫小花强忍着疼痛,说:"我没摔倒!"

"你摔了!我看见的!"笨狼说,"你卷起裤子看看,肯定流血了!"

鹅太太跑过来,卷起猫小花的裤子,果然看见膝盖磕破了皮,正在流血!

"我没说错吧！"笨狼指着猫小花的膝盖大声说。

同学们全围上来。猫小花哇哇大哭。

笨狼又说："就是嘛，早就该这样哭了，一哭就不痛了。"

鹅太太用自行车推着猫小花去了青蛙大夫的诊所。为这事，猫小花整整一个星期不理笨狼。笨狼大为惊讶，不明白究竟是怎么回事。

聪明兔说："猫小花摔跤的事，你不应该讲出来。"

"为什么？"笨狼问。

"因为女生特别要面子呗，她不愿意让我们知道她摔了跤。"

过了几天，猫小花到森林里去捉蝴蝶，不小心掉进了猎人的陷阱。那个陷阱很深，猫小花根本没有办法爬上来。这事恰巧让一只喜鹊看见了。

喜鹊是多嘴的鸟，他在森林里叽叽喳喳："猫小花掉到陷阱里去了！猫小花掉到陷阱里去了！"

笨狼在森林里玩，听见喜鹊的叫声，马上将一个爪子压在尖嘴巴上，悄悄地对喜鹊说："嘘，千万别告诉别人！猫小花会生气的！"喜鹊赶紧不说话了。因为鸟儿都特别怕猫。喜鹊害怕猫小花生起气来会把他抓住吃掉。

第二天，猫小花没来上课。牛博士问："你们谁知道猫小花今天为什么没有来上课吗？"大家都摇头说："不知道！"

只有笨狼没有摇头，他说："我知道。但是我不能说，一说出来，猫小花准会生我的气，不理我……"

猫小花的爸爸黑猫警长也跑到学校来找猫小花。他得知笨狼知道猫小花的下落,让笨狼说出来。笨狼坚决地摇摇头:"不,我不说!我一说出来,猫小花准会不理我!"

黑猫警长说:"说吧,笨狼,我保证猫小花不会生你的气!"

"你又不是猫小花,你是猫小花的爸爸!"笨狼说,"你保证有什么用!"

鹅太太看到大家问不出什么名堂来,只得请聪明兔想办法。

放学的时候,聪明兔和笨狼走在一起,聪明兔说:"笨狼,你告诉我猫小花在哪儿,我保证不告诉别人!"

"你保证?"

"我保证!"

"我们拉钩!"笨狼说着,和聪明兔拉钩。

两个朋友齐声说:"拉钩上吊,一百年不许变,谁变谁是狗屎!"还往地上吐了两口唾沫。

笨狼悄悄地说:"告诉你吧,猫小花在森林里,她昨天掉进猎人的陷阱里了……"

聪明兔大吃一惊,立即大喊起来:"快到森林里去救猫小花啊,她掉进猎人的陷阱里了!"

笨狼说:"聪明兔,你说话不算话!你会当狗屎的呀!"

聪明兔说:"现在顾不得这么多了,先去救猫小花吧!"

幸亏大家去得及时,设陷阱的猎人还没有回来取他的猎物。黑猫警长和警犬阿黄把猫小花从陷阱里拉上来。猫小花独自在陷阱里待了两天,又怕又饿,如今绝处逢生,看见大家,激动得晕了过去。

猫小花在青蛙大夫的诊所里待了三天才恢复过来。她一回到学校,就对笨狼大发脾气:"笨狼,你差点害死我!我不理你!"

笨狼觉得万分委屈,他追着猫小花解释:"不是我说的,是聪明兔告诉他们的……"

猫小花说:"幸亏聪明兔说出来,要不,我早死了!"

笨狼揪着自己的耳朵,想来想去想不明白:"我究竟是该说还是不该说呢……"

阅读感悟:

乐意考倒数第一名的笨狼,到最后也没弄明白,究竟该不该说出猫小花的事。笨狼是不是真的有点笨?他为什么会这么笨呢?汤素兰是一位出色的儿童文学作家,她笔下的笨狼,是一位单纯、善良、淘气的小朋友的化身。笨狼不肯说出猫小花掉入陷阱的事,是因为他觉得猫小花爱面子,应该替她保守秘密。笨狼是善意的,却差点害了猫小花。读了这篇童话,你明白什么事该说,什么事不该说了吗?

列那狐和伊桑格兰狼

法国民间故事

郑振铎 / 编译

导读：

《列那狐的故事》是七八百年前流传于法国的民间故事，这些故事以动物为"人物"，来表现社会生活，生动有趣。郑振铎先生1926年将其从英文译成中文。伊桑格兰狼（原文译作伊藏格兰狼）是这些故事中主要的角色之一，经常受到列那狐的愚弄。这里选取的是列那狐向格令巴猪讲述自己怎样让伊桑格兰狼上当的故事。

（列那狐对格令巴猪说）我曾和狼同走，看见一只红马，带了一只黑色的小驹，只有四个月大小，又好又肥。伊桑格兰饿得快死，恳求我到马那里，问她这个驹卖不卖。

我奔到马身边，问她这事。她说要有现钱才卖。

我问她要卖多少钱。

她说道："价钱写在我的后足上。如果你认得字，能够看得出，你便来看吧。"

于是我猜出她的心思了，我说道："好的。"于是奔到伊桑格兰那里，说道："叔叔，你要买这只小驹，她说价钱已写在她的足上。她要我去看，但我不认得一个字，我很自悔，因为我没有上过学校。叔叔，你要吃这小驹吗？如果你认得字，便可以去买了。"

"哈，侄儿，我很能够做这事。我懂得法文、拉丁文、英文及荷兰文。我到过渥斯福的学校。我要到她那里，看看这小驹的价钱。"他叫我等候他。他奔到马那里，问她是否要卖去这小驹。她道："价钱已写在我足上。"他道："让我看看。"她道："好的。"举起她的足，正正踢在他的头上，马蹄是新换的，还钉有六只尖钉，他被踢倒在地上，好像已死去。

马领了小驹自去，伊桑格兰带着重伤躺着。他血流不止，呻吟着。于是我走近去，说道："伊桑格兰勋爵，好叔叔，你现在怎么样了？你把小驹肉吃够了吗？为什么不给我一点？我代你传过命。你是否饭后便睡？我求你告诉我，马足上写的是什么？是散文还是韵文？我很想知道。我以为必是一首诗，因为我远远地已听见你在唱——你极博学，没有人读书比你读得更好些。"

"唉，列那，唉！"狼道，"我求你不要再开玩笑了。我是这样的受伤，即使铁石心肠的人也要可怜我！我看她的字，要她踢了我一下，头上有了六个伤。这样的文字我将永远不想再读了。"

"好叔叔，你告诉我的是真话吗？我很惊异，我以为你是现今生存的最大文人之一！现在我才晓得古语说得好，最好的文人，不必是最聪明的人。他们不聪明的原因，就在于研究知识及科学太多了，因此变成愚人了。"这就是我害得伊桑格兰几乎要受伤而死的一件事。

阅读感悟：
　　列那狐狡猾又刻薄，有很多坏点子，却深藏不露。他巧妙地利用了伊桑格兰狼的贪婪和自负，让伊桑格兰狼上当受苦，之后又对伊桑格兰狼进行了无情的讽刺和挖苦，让伊桑格兰狼有苦难言。你喜欢伊桑格兰这只笨狼的故事吗？建议你读一读《列那狐的故事》。

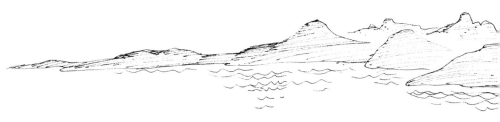

亲爱的奶奶

提起奶奶,你会想到什么?是温暖的怀抱?还是带着乡音的歌谣?每个人的奶奶都是不一样的,可每个人的奶奶又都是一样的。那是因为,奶奶给我们的爱,无论何时想起,都让我们内心充满力量。

沃弗卡和他的奶奶

（俄）M.娜哈比娜／著
佚　名／编译

导读：
　　到乡下奶奶家过暑假的沃弗卡觉得奶奶并不爱他。事实真的是这样吗？

　　本来，沃弗卡与爸爸妈妈一起，住在北方的摩尔曼斯克，过着幸福的日子。可是，三年之前，他的妈妈不幸生病去世，他的爸爸又是位常年出海远航的船长，平时只好让沃弗卡寄住在邻居家。

　　暑假到了，爸爸把沃弗卡送到乡下的奶奶家度假。

　　沃弗卡刚到奶奶家，就非常不喜欢她，在城里时，他已经习惯亲友对他的怜爱，他觉得奶奶并不怜爱他。

　　爸爸离开后的第一天，沃弗卡就不小心跌了一跤，脚上的皮擦破了一块，疼得很厉害，使他哇哇哇地哭了好一会儿。可是，奶奶却不以为意地对他说："别哭啦，你已经不是小孩子了！"然后还支使他去商店买面包，沃弗卡很不开心，悻悻然地去了。

从商店回来后，沃弗卡把面包往桌上一扔，没礼貌地说："给你面包！"

奶奶生气地说："你怎么这样跟大人讲话？"沃弗卡没有回答，只说了声不想吃晚饭，径自跑去睡觉。他原以为奶奶会跟进卧室，关心地问长问短，然后给他端来晚饭，可事实证明他想错了，奶奶什么都没问，什么都没给他吃。

每天上午，都要帮奶奶做家务：提水、去商店买面包、去田里干活。这太令人抓狂了，真是太讨厌了！于是，有一天，沃弗卡跟奶奶说："奶奶，你给我爸爸写封信，让他来把我接回去吧！"

奶奶回答说："不用写信，你在这儿会住习惯的。"

沃弗卡气得大声说："我要把所有的事都告诉爸爸！你为什么总让我干活？放暑假应该休息，休息，可我却没完没了地帮你干活！"

奶奶没有理会他的情绪，说："别人不都在干活吗？再说，你也不是小孩子了！"

沃弗卡抗议说："我才上三年级，我只有九岁！"

"是啊，所以我才说你不是小孩子了，我九岁的时候，早就去田里干活了。"

沃弗卡见自己的话不管用，便打定主意不再好好干活，他想："只要我把活干得一团糟，以后奶奶就不会让我干活了。"于是，他故意不去买面包。没承想到了晚上，奶奶说："今天我们不吃晚饭了，因为没有面包。"无奈的沃弗卡只好饿着肚子去睡觉。

奶奶识破了沃弗卡的小心思，对他说："你别再想什么主意了，那些小心思都帮不了你。你必须住在我这里，而且还得习惯干活，以后你一定会喜欢我这个奶奶的！"沃弗卡气呼呼地盯着奶奶，一句话也没说。

第二天，沃弗卡把奶奶这样对待他的事情，告诉了新结识的朋友维嘉。维嘉对他说："你还不了解你奶奶呢！她的本事可大啦，只要是她想办的事，都能办得到，村里的人都非常尊敬她。你奶奶还会给人看病呢！村里有个人老是头疼，一疼起来嗷嗷叫，吃什么药都不管用，你奶奶只给了他一把草药，就把他的头疼治好了，神奇吧？"

"哦？"沃弗卡有了兴趣，"我奶奶还会做什么？"

维嘉回答说："她什么都会！森林里的一草一木她都认识，甚至还能看透别人的心思。"

沃弗卡回忆了跟奶奶一起生活的这段时间，的确，无论在家里还是在田里，奶奶什么都会做，每天干很多活。有一次，他跟奶奶一起去森林，发现她就像熟悉自己的家一样，熟悉森林里的一切，每棵树，每根草，她都了如指掌，还把各种奇花异草指给沃弗卡看，告诉他哪种草能治头疼，哪种草是治心脏病的良药。

从那以后，沃弗卡真心喜欢上了奶奶，喜欢奶奶讲的有趣事情，佩服奶奶什么都懂。现在的沃弗卡心甘情愿帮奶奶干活，奶奶依然不像对待小孩子那样对待他，总是希望他像个男子汉那样什么都做，这使沃弗卡感到又高兴又自豪。

暑假快结束了，爸爸从摩尔曼斯克拍了电报，让他准备好回去。奶奶读完电报，对沃弗卡说："喏，这回你高兴了吧！"

"爸爸为什么让我回去？"

"因为他是爸爸，他希望你回去。"

"那你一个人怎么生活啊？"

"你要是想来，就再来好了。要是你不想来，只能说明你有一个坏奶奶。"

沃弗卡很想对奶奶说，她不是一个坏奶奶，他非常爱她。

阅读感悟：

起初，沃弗卡非常不喜欢奶奶；后来，沃弗卡却有点不想离开奶奶了。奶奶看上去缺乏慈爱，却让沃弗卡懂得了要为自己的行为负责，要成为一个懂生活会生活的人。如果你有一位这样的奶奶，你会喜欢她吗？

问奶奶

孙建江 / 著

导读：

在这首小诗里，"我"问了奶奶三个"为什么"。读了这首诗，你能猜出这三个问题的答案吗？

那天我摔得很重，
您捧着我的脸，
一边摸，一边说，
"不痛，不痛。"
可奶奶您为什么哭了？

那次您住在医院，
我和爸爸去看您，
我把大狗熊拿给您，
您说："不，不，奶奶不玩这个。"

可奶奶您为什么要笑呢？

奶奶，您说我年纪小，记性好，
您说您老了，记性不好了，
可我很小的时候好多好多的事儿，
我自己一点儿也记不起来了，
您为什么记得那么清楚呢？

阅读感悟：
　　诗人在诗中只提出了问题，却并没有给出答案。三个问句，就是为了引起我们的思考，提醒我们在平时的生活中，要留意体会奶奶给予我们的爱。奶奶为什么哭了？为什么笑了？为什么对"我"小时候的事情记得那么清楚？凡是被奶奶宠爱过的小孩，都不难回答。

童心的世界

天真的儿童,拥有无穷无尽的想象力。在童心的世界里,每一个孩子都可以成为国王、海盗、巨灵,甚至成为淘气的风……

来吧!

(德)约瑟夫·雷丁 / 著

柳 筝 / 译

导读:

开始读这首诗的时候,你会惊诧"我"究竟是一个怎样的人,出手竟会如此阔绰。别吃惊,读到诗的结尾,你就明白了!

到我的国土
来吧!
我可以
送你十二幢
房屋和一座
金山
和三座
宫殿
外加

绸子

床和

彩色电视机

和一块

美极了的

香草布丁,

这一切都是用

最好的

沙做的!

阅读感悟:

儿童是富于幻想的,常常喜欢玩沙土,用沙土堆出自己喜欢的一切东西。这首诗简单又好玩,表现了儿童的慷慨和天真。

海盗的故事

(英)罗伯特·斯蒂文森 / 著

屠 岸 方谷绣 / 译

导读：
孩子常常生活在幻想的世界里。看哪，三个坐在篮子里的孩子，开始了他们的海盗生涯……

我们仨，坐在篮子里，一摇啊一晃，
篮子是条船，在草地上东漂又西荡。
春天的风啊，春天的风吹来了，
地上的草波啊，就像那海上的浪。

今天，我们当心着天气的变化，
凭星星指路，咱们冒险去！往哪儿？
任船儿漂荡，荡到非洲？荡到——
普罗维登斯？巴比伦？还是马拉巴？

喂!海上有一队军舰冲过来了——
那是草地上吼叫着进攻的一群牛!
快,快躲开它们,那是群疯家伙,
哦!花园是海滩啊,园门是港口。

阅读感悟:

　　这首诗选自英国诗人斯蒂文森的《一个孩子的诗园》。诗中提到的普罗维登斯是美国港口城市,巴比伦是古巴比伦王国的首都,马拉巴是印度地名。这大概都是诗中的"我们"从书里或者大人的口中听说过的地名。坐在篮子里,满怀信心要去"海上"冒险的三个小朋友,由于遇到牛群,不得不躲进了花园里,小诗以幽默诙谐的格调结束,却把三个顽皮小孩的形象鲜明地留在了读者的脑海里。

被子的大地

(英)罗伯特·斯蒂文森 / 著

屠 岸 方谷绣 / 译

导读：
 生病待在床上的日子，是多么枯燥乏味，让人不快乐呀！可是，诗中的小孩，却很快乐……

我病了，只好躺在床上，
垫两个枕头在脑袋底下，
一件件玩具都在我身旁，
叫我整天都快活，乐哈哈。

有时候，用一个钟头光景
我瞧着铅质的兵丁行军，
他们穿着不同的军服，
操练在被褥铺成的山林。

有时候，我让我的舰队
在床单的海洋上破浪行驶，
要不，把树木和房屋搬开，
在床上筑起一座座城市。

我是个伟大的严肃的巨灵，
在枕头叠成的山上坐镇，
凝视着面前的山谷和平原，
做有趣的被子大地的主人。

阅读感悟：

　　枕头与被子，成了一个生病孩子想象世界里的乐园。他搭设积木，摆放锡兵（一种用铅锡等金属做成的人偶玩具），时而操练军队，时而航海远行，时而建筑城市，时而成为"被子大地"的主人。这首歌颂儿童乐观、天真与想象力的诗，受到了全世界大人和孩子的喜爱。你做过这样的游戏吗？能否想象一下当时的场景，写一首小诗？

风很幸福

王宜振 / 著

导读：
风怎么会感到很幸福呢？我们快来看看它做了什么……

风很淘气

风总是光着屁股

风从妈妈怀里逃出

风轻轻一跃，坐上一棵小树

风掰开花的骨朵

风敲着树叶的小鼓

风吹着草的哨子

风挽起浪花的手儿跳舞

风像一条鱼儿

肚皮贴紧着大地的皮肤

风像一个巨大的巴掌
拍着草叶入睡,为蚱蜢驱赶孤独

风大摇大摆走进村庄
风从门缝和窗口闯进闯出
风像一头小小的牛犊
风撞翻了孩子搭的积木

玩累的风闯进一片林子
在一片片绿叶上睡得又香又熟
风在月光下轻轻地呼吸
此刻,有谁比风更加幸福

阅读感悟：

　　这诗里的风,可真够淘气,真够折腾的。直到玩累了,在月光下,在一片片绿叶上,睡得香甜,呼吸轻轻。这时的风,安静而又幸福。这诗表面在写风,其实是在写小孩子。只有小孩子才会这样无忧无虑地淘气、闹腾,在玩累之后,睡得这样甜,这样熟,这样静……

狗的故事

狗,是人类从自然界驯化出的最早的家畜之一。安阳殷墟出土的距今三千多年的甲骨文中,已经出现大量的"犬"字,可见狗的驯养在当时很普遍。狗可以说是人类在动物界最忠实的朋友。人类与狗之间,自古结下了说不尽的爱恨情仇。

狗

（法）布封 / 著

任 典 / 译

导读：
　　布封是法国 18 世纪杰出的博物学家和作家，他花费了四十多年的时间，创作了 36 卷的《自然史》，因此被人们誉为"与大自然同样伟大的天才"。从下面节选自《狗》的部分论述中，我们就可以看出，他对动物有着深入的了解，文笔也极为出色，这使得他的作品至今深受人们喜爱。

　　狗，除了它的形体美以及活泼、多力、清洁等优点而外，还高度地具有一切内在的品质，足以吸引人对它的注意。在野狗方面，有一种热烈的、善怒的，乃至凶猛的、好流血的天性，使所有的兽类都觉得它可怕。而家狗，这天性就让位于最温和的情感了，它以依恋为乐事，以得人欢心为目的；它匍匐着把它的勇气、精力、才能都呈献于主人的脚前；它等候着他的命令以便使用自己的勇气、精力和才能，它揣度他、询问他、恳求他，使个眼色就够，它懂得主人意志的轻微表示；它不像人那样有思想的光明，但是它有情感的全部热力；它还比人多一个优点，那就是忠诚，就是爱而有恒：它没有任何野心、任何私利、任何寻仇报复的欲望，它什么也不怕，只怕失掉人的欢心；它全身都是热诚，勤奋，柔顺；它敏于感念旧恩，易于忘怀侮辱，它遇到虐待并不气馁，它忍受着虐待，遗忘掉虐待，或者说，想起虐待是为了更依恋主人；它不但不恼怒、不逃脱，准备挨受新的苦痛，它舔着刚打过它的手，舔着使它痛楚过的工具，它的对策只是诉苦，总之，它以忍耐与柔顺逼得这只手不忍再打。

狗比人更驯良，比任何走兽都善于适应环境，不但学什么都很快就会，甚至对于指挥它的人们的举动、态度和一切习惯，都能迁就，都能配合；它住在什么人家里就有那人家的气派；正如一切的门客仆从一样，它住在阔佬家里就傲视一切，住在乡下就有村俗气；它经常忙于奉承主人，只逢迎主人的朋友，对于无所谓的人就毫不在意，而对于那些被社会地位所决定的、生来就只会讨人嫌的人就是生死冤家；它看见衣服，听见声音，瞟到他们的举动就认得出是那班人，不让他们走近。当人家在夜里嘱咐它看家的时候，它就变得更自豪了，并且有时还变得凶猛；它照顾着，它巡逻着；它远远地就知道有外人来，只要外人稍微停一停，或者想跨越樊篱，它就奔上去，进行抗拒，以频频的鸣吠、极大的努力、恼怒的呼声，发着警报，一面通知着主人，一面战斗着；它对于以劫掠为生的人和对于以劫掠为生的兽一样,它愤激,它扑向他们,咬伤他们,撕裂他们,夺回他们所要努力抢去的东西;但是它一胜利就满意了,它伏在夺回的东西上面,就是心里想吃也不去动它,它就是这样,同时做出了勇敢、克制和忠诚的榜样。

我们只要设想一下,如果世上根本没有这类动物是一种什么情况,我们就会感觉到它在自然界里是如何重要了。假使人类从来没有狗帮忙,他当初又怎么能征服、驯服、奴役其他的兽类呢?就是现在,没有狗,他又怎么能发现、驱逐、消灭那些有害的野兽呢?人为了自己获得安全,为了使自己成为宇宙中有生物类的主宰,就必须先在动物界里培养一些党羽,先把那些显示能够依恋、服从的动物用柔和和亲热的手段拉拢过来,以便利用它们来对付其他动物;因此,人的第一个艺术就是对狗的教育,而这第一个艺术的成果就是征服了、占有了大地。

阅读感悟:

当选为法兰西学院院士的布封,发表了一篇题为《论风格》的演讲,提出写文章要内容充实,胸有成竹,讲究层次章法。在以上所选的段落中,布封用连篇累牍的排比句,感情充沛,思维周密,对狗的品性进行了准确而深入的揭示,很好地体现了他的写作主张。他用流畅而壮丽的文笔表达自己的思想,使他无论在科学界,还是文学界,都获得了崇高的荣誉。

狗之歌

(苏联)叶赛宁 / 著

王守仁 / 译

导读：

　　一只母狗，失去了它刚刚出生的七个孩子。这在许多人看来，只是一件微不足道的小事。而在感情真挚、富于爱心的苏联诗人叶赛宁笔下，一首世界诗史中动人的杰作诞生了。

早晨，在黑麦秆搭的狗窝里，
破草席上闪着金光：
母狗生下了一窝狗崽——
七条小狗，茸毛棕黄。

她不停地亲吻着子女，
直到黄昏还在给他们舔洗，
在她温暖的肚皮底下

雪花儿融成了水滴。

晚上,雄鸡蹲上了
暖和的炉台,
愁眉不展的主人走来
把七条小狗装进了麻袋。

母狗在起伏的雪地上奔跑,
追踪主人的足迹。
她来到尚未冰封的水面上,
凝视着泛起的涟漪。

她舔着两肋的汗水,
踉跄地返回家来,
茅屋上空的弯月,
她以为是自己的一条狗崽。

仰望着朦胧的夜空,
她发出了哀伤的吠声,
淡淡的月牙儿溜走了,
躲到山冈背后的田野之中。

于是她沉默了,仿佛挨了石头,

仿佛听到奚落的话语，

滴滴泪水流了出来，

宛如颗颗金星落进了雪地。

阅读感悟：
  这是一首抒情诗，诗人并不直接表达自己真挚浓烈的感情，而是把这种感情隐藏在一个个具体的画面和真实的场景中，让这首诗更加感人。母狗对小狗的抚爱、对主人的追踪、看到小狗被沉入水中后的不舍，把月牙当作小狗的幻觉，泪水滴入雪地，都感人至深。诗的篇幅不长，却向我们真切地展示了20世纪初苏联乡村生活的场景。读者也许会问，主人为什么要将这些小狗丢入冰冷的水中淹死呢？在小狗悲惨命运的背后，这首诗要揭示的，也许是苏联农民生活的贫苦。

布尔加和野猪

(俄)列夫·托尔斯泰 / 著

陈 原 / 译

导读：
  俄国大作家列夫·托尔斯泰曾为孩子们写过许多作品，陈原选译了一部分，编入《狗的故事》这本书。布尔加是托尔斯泰养的一条猎狗，这篇故事叙述了他带领布尔加捕获野猪的故事。由于写的是真实的故事，读来让人惊心动魄。

  有一回我们在高加索打野猪，布尔加和我一同去。专门预备用来打野猪的猎狗一放出来，布尔加也就朝着它们叫声的那方向，连跑带跳地消失在树林里面了。

  这是十一月的日子；野猪通常是在这个时候长得很胖的。在高加索的树林里，住了很多野猪的树林里面，长了各种各样的果子——野葡萄、松子、苹果、梨子、黑梅、橡果和玫瑰苹果。这些果子成熟的时候，霜把它们打了下来，野猪吃着果子，于是就胖起来了。

每年的这个时候,野猪胖得连跑也跑不远了。假如被猎狗追踪的时候,猎狗把它追踪了两个钟头,它就钻进密林里,大声嚎叫了。

于是打猎的就跑到它嚎叫的地方去,把它射杀。从猎狗的吠声就可以判断,究竟野猪是已经被围了呢,还是依旧在跑。假如它还在跑的话,猎狗就边跑边吠,好像有人在这里打它们似的;但假如野猪给围困了的话,它们就长鸣着,好像在叫唤人似的。

这一回我已经在树林里面跑了好久了,可是野猪的踪影不曾发现过一次。到后来我终于听见一阵长鸣和猎狗的吠声了,于是我朝着那方向走去。

我已经走近那头野猪了。我听见密林里面的声音。这是野猪被猎狗追踪到那里面嚎叫的声音。可是我由狗吠的声音可以断定,它还没有做困兽的挣扎,猎狗只是在它的周围追踪罢了。

忽地,我听见有些什么从我背后飞跑过来,我四下里张望,我看见原来是布尔加,它显然已经在树林里面走失了猎狗的足迹,弄得不知所措了;但现在它听见了它们的叫声,也就和我一样地朝这地方飞跑过来了。

它排开长长的野草飞跑过来,我所能看见的只是它的黑脑袋和在它的白牙齿中间吐出来的滚动着的舌头。

我叫它,可是它并不四下里张望,它从我身边飞跑过去,一下子就消失在密林里看不见了。我连忙跟着它后面跑去,但我越跑得远，脚边的小树就越来得密，树枝钩去了我的帽子，击打着我的面孔，荆棘的刺扯着我的衣裳。在这当儿我离吠着的猎狗很近了，但是我一点东西也看不见。

忽地，我听见猎狗吠得更凶了；还有一阵巨大的嚎叫，那头野猪打算突围而出，开始在叫嗥了。这使我想起：现在一定是布尔加已经到了那地方，并且已经参加攻击了。

我用尽了全身气力，在乱草里排开一条路，向那地方跑过去。

这儿，就在这树林最浓密的地方，我一眼看见了一只有斑点的猎狗。它吠着，一动也不动。三步以外，我看见一些黑色的东西在挣扎着。

我再走近些，我看见那就是野猪，我还听见布尔加呻吟得很可怜。野猪嚎叫着，向着猎狗扑过来，那猎狗呢，尾巴夹在两条腿中间，正在向后撤退。我正好可以向野猪的身上和头上开枪。我瞄准了它的身子，开了一枪；我看见我这一枪发生了效力。那野猪大叫一声，就回转头急急地跑进密林里去了。猎狗跟着它吠着。我也跟着它们在密林里穿过去。

忽地，我听见并且看见了我脚下有些什么。原来那是布尔加，它躺在地上呻吟着。它的身下面有一摊血。我自己对自己说："我的狗糟了。"但现在我的事情还没有做完，所以我连忙冲过去了。

一下子我便看见那头野猪。猎狗在后面攻击着它，它闯闯这边，撞撞那边。那野猪一看见我，就向我扑过来。我开了第二枪，枪尖儿差不多已经触到它了，因此它的刺毛烧着了。那野猪做了一声最后的哀叫，就扑通一声倒在地上了。

我走上去,它已经死了,只是它的身子有的地方还在抽动着,或者稍稍隆起了些。

但是竖起了毛的猎狗正在扯开它的肚子和它的几条腿,别的就舐它那受伤处所淌出来的血。

这使我记起了布尔加,于是我连忙跑回去找它。它爬起来迎我,呻吟着。我跑过去,跪下来,查看它的伤势。它的肚子给扯破了,一大堆肠脏流出来淌在干草上头。

我的同伴来了的时候,我们就把布尔加的肠脏弄好,把它的肚子缝起来,我们缝它的肚子,穿刺着它的肚皮的时候,它不住地舐着我的手。

大家把野猪缚在一匹马的尾巴上,这样子把它拖出树林,我们又把布尔加放在一匹马的背上,这样子我们把它带回家去,布尔加病了六个星期,但它终于给医好了。

阅读感悟：

读完这篇叙事作品，闭上眼睛，猎狗布尔加似乎仍然跃动在我们眼前。列夫·托尔斯泰是一位伟大的作家，他的心灵、思想以及写作艺术，都令人无比热爱。文中，他对生活经验的准确表达，对事物形象的生动再现，都很出色。比如，根据猎狗的叫声，就可以判断野猪是在逃跑还是在挣扎；当布尔加排开长长的野草飞跑起来的时候，"我"只能看见它的黑脑袋和滚动着的舌头；"我"在追赶布尔加时如何摆脱密林中树枝与荆棘的纠缠；野猪嚎叫着扑向猎狗时，猎狗夹着尾巴后退……都让我们有身临其境的感觉。如何再现事物真实而生动的样子？这篇作品会带给我们丰富的启示。

田野上的狗尾草——老祖母讲的童话

徐 鲁 / 著

导读：

　　许多著名的童话，在被作家记录下来之前，就已经在民间口头流传很久了。生活在农村的孩子，一定会很熟悉田间地头随风晃动着的狗尾草。而这首长诗，讲述的是一个关于狗尾草的感人故事……

一

在树林里唱歌的蝉儿啊，
哪一只不留恋高高的树梢？
在田野上劳作的农人啊，
谁没见过那绿色的狗尾草？

风风雨雨的春天里，
狗尾草遍布在田埂和小道；

大雪纷纷飞的寒冬里,
狗尾草燃烧在农家的柴灶……

可是有一个伤心的故事,
也许很少有人知道。
请相信童话都是真的,
说出来会给你一点思考。

二

说的是一户农家兄弟俩,
父母双亡,无依无靠。
一间小屋,两亩薄田,
日子过得艰难寂寥。

只有一条小狗和他们做伴,
苦日子让小狗也受尽了煎熬。
可是小狗依然忠实地跟着主人,
白天一起下地,晚上一同睡觉。

不久后兄弟俩就分了家,
原因是哥哥娶回了嫂嫂。
贪心的嫂嫂唆使哥哥,

把弟弟赶进了村外的破庙……

三

冬天的风雪呼呼地吼叫,
弟弟和小狗合盖着一件破棉袄。
他的心里充满了忧愁,
泪水扑簌簌地往下掉。

小狗默默地望着流泪的主人,
半夜里突然开口说道:
"主人啊,快不要伤心了,
眼泪从来比不过双手可靠。

"没有田地,我们就去垦荒,
没有房子,我们就住在这破庙。
春天来了我会和你一道耕地,
保证比牛儿耕得又快又好。"

四

第二年弟弟和小狗一道开荒,
小狗使劲地拉起沉重的犁套。

到秋天他们收获了成担的谷子,
而哥哥的地里却长满了野草。

嫂嫂眼红弟弟的好收成,
便借去了小狗套上了犁套。
可是小狗一步也不肯走动,
哥哥和嫂嫂气得怒火直冒。

哥哥不停地挥动着皮鞭,
嫂嫂打断了十几根柳条。
可怜的小狗被活活打死在田野里,
到死也没发出一声哀叫。

五

狠心的嫂嫂匆匆地埋了小狗,
但没有埋住小狗的尾巴梢。
弟弟赶来悲伤地哭着小伙伴,
狗尾巴在黄土上面又摆又摇……
仿佛在控诉哥嫂的狠心,
又像在赞许弟弟的善良和勤劳。
后来它就变成了一棵绿色的植物,
农人们把它叫作"狗尾草"。

生生不息的狗尾草啊,
它最懂得农民的勤劳。
它和农民一起经受着风雨,
又和农民一起享受丰收的欢笑……

阅读感悟:

　　这首童话诗韵律和谐,故事动人,主题鲜明,很好地体现了民间童话的特点。勤劳善良的弟弟和小狗,与懒惰、狠心的坏哥嫂形成了鲜明的对比。以悲剧收场的结局,更能激起读者对善良美好人性的向往,对恶的品性的痛恨。徐鲁是一位学者型的作家,他的作品有着浓郁的书卷气。他对俄罗斯文学很熟悉,曾作有《普希金传》。不难看出,这首诗明显地受到了普希金童话诗的影响。

　　月亮是一个古老的天体。古人根据月相的变化，来确定时间，安排生产和生活。月亮也是一个诗意的意象。古今中外吟咏月光的诗文，优美动人，令人陶醉。现在，就让我们借由作家、诗人们的作品，来感知神秘又优美的月光吧……

看月

叶圣陶 / 著

导读：

叶圣陶先生写这篇文章的时候，住在上海的"弄堂房子"中，那里是不适合看月的。叶先生却写了这篇《看月》，他喜欢看月吗？

住在上海"弄堂房子"里的人对于月亮的圆缺隐现是不甚关心的。所谓"天井"，不到一丈见方的面积。至少十六支光的电灯，每间里总得挂一盏。环境限定，不容你有关心到月亮的便利。走到路上，还没"断黑"，已经一连串地亮了街灯。有月亮吧，就像多了一盏灯。没有月亮吧，犹如一盏街灯损坏了，没有亮起来。谁留意这些呢？

去年夏天，我曾经说过不大听到蝉声，现在说起月亮，我又觉得许久不看见月亮了。只记得某夜，夜半醒来，对窗的收音机已经沉寂，隔壁的"麻将"也歇了手，各家的电灯都已熄灭，一道象牙色的光从南窗透进来，把窗棂印在我的被袱上。我略微感到惊异，随即想到原来是月亮光。好奇地要看看月亮本身，我向窗外望。但是，一会儿，月亮被云遮没了。

从北平来的人往往说在上海这地方怎么"呆"得住。一切都这样紧张。空气是这样龌龊。走出去很难得看见树木。诸如此类，他们可以举出一大堆。我想，月亮仿佛失掉了这一点，也该列入他们认为上海"呆"不住的理由吧。假若如此，我倒并不同意。在生活的诸般条件里，列入必须看月亮一项，那是没有理由的。清旷的襟怀和高远的想象力，未必定须由对月而养成。把仰望的双眼移到地面，同样可以收到修养上的效益，而且更见切实。可是我并非反对看月亮，只是说即使不看也没有什么关系罢了。

最好的月色我也曾看过。那时在福州的乡下，地当闽江一折的那个角上。某夜，靠着楼栏直望。闽江正在上潮，受着月光，成为水银的洪流。江岸诸山略微笼罩着雾气，好像不是平日看惯的那几座山了。从江岸直到我的楼下，是一大片沙坪，月光照着，茫然一白，但带点青的意味。不知什么地方送来晚香玉的香气。也许是月亮的香气吧，我这么想。我心中不起一切杂念，大约历一刻钟之久，才回转身来。看见蛎粉墙上印着我的身影，我于是重又意识到了我。

那样的月色如果能得再见几回，自然是愉悦的事，虽然前面我说过"即使不看也没有什么关系"。

阅读感悟：

叶圣陶先生是喜欢看月的，从文中写"去年夏天"夜半看到月光，以及用优美的文笔描写闽江上看月的情景，都可以看出。然而，作者认为，如果为了提高人生的修养，"把仰望的双眼移到地面"，比看月更重要。这篇散文写于1933年，大概在作者看来，当时的国家与社会，比起吟风弄月的诗人，更需要切实奉献的建设者。

月夜登上瞭望塔

曹文轩 / 著

导读：
出色的作家总能用文字描绘出难以形容的景象，让读者感到就像亲眼见到的那样。这篇描写月光的文字，节选自曹文轩先生的纯美小说《细米》第二章。就让我们追随小说中的男孩细米，一起去欣赏那芦苇荡中的月色吧！

小船行过，留下一条水道。水道外边的水是静的，水道上的水却很活泼地跳着，月光下，仿佛在小船的后边跟了一长溜鱼群。

梅纹只觉得有一种无边的安静。

细米说："前面是个岛。岛上有一座瞭望塔，是秋天看火的。秋天芦苇黄了，容易着火，最怕的就是芦苇荡着火，火烧起来，天都染红了。"

梅纹已看到了夜幕下的瞭望塔。

船开始进入芦苇丛,空气变得更加阴凉起来。

船靠岸,人上岸。

细米领着梅纹来到瞭望塔下。

梅纹仰头一望,只见云彩在月亮旁匆匆走过,就觉得瞭望塔很高,并且在晃动,叫人晕眩。

细米也在望着这座塔。

梅纹问:"你带我到这儿来,就是让我看这座塔吗?"

细米摇摇头,走上了瞭望塔的台阶。

梅纹小心翼翼地跟着,担心地问:"它不会倒吗?"

"不会倒的。我常爬上去呢。"他一边登,一边数那台阶,"一、二、三……"

梅纹也在心里数着。

数到第十五级时,细米站住了,面朝月亮升起的方向:"你朝东边看。"梅纹转过身去望着。

"你看见了吗?"

梅纹不吭声。

"你看见了吗?"

"水上……水上好像有条路,金色的,弯弯曲曲,曲曲弯弯,我怎么觉得像根绸子在飘呢……是水上还是空中呢?……是路吗?不是路,水上哪会有路?……飘呢,真的在飘,飘飘忽忽……让人有点眼花……这是怎么回事,我的眼睛真的花了……"

"一个月里,就是这几天才能看到,等月亮再升高一些,这路就短了,就不好看了。"细米说完,继续往上攀登,一边登,一边数台阶,"十六、十七、十八……"

梅纹扶着扶梯,还在痴迷地看着那条梦幻般的、童话世界里的水上金路。

细米数到第二十二级台阶停住了,低头招呼还停留在第十五级台阶上的梅纹:"你过来呀!"

梅纹一边往上走,一边还在痴痴迷迷地看东边水上的路。

"你朝西边看!"

梅纹听他的,就往西边看。

"看到了吗?"

梅纹摇摇头。

"仔细地看。"

梅纹听他的,就仔细地看。

"看到了吗?看到了吗?四周全是芦苇,中间是一片水,就是在那水上,蓝色的,淡蓝色的……"

"哦,看到了,看到了……整个水面上,星星点点,蓝色的,淡蓝色的,还在闪烁呢……"

"像眨眼睛,很多很多的眼睛……"

"还在跳跃呢,蓝色的,像小精灵似的,哇,好神秘哟!……怎么忽地没有了?一片黑,就一片黑……"

"水面上起风了。过一会儿,你就又能看到的。"

"看到了,看到了,又看到了,很淡很淡,不用力看看不出来,蓝了,蓝了,好像是从水底里往上浮起来,越来越密集了,水面上像下雨了。那是什么呀,细米?"

"我也不知道是什么。听爸爸说,是这里的一种草虾,到了夏天,夜晚的月光下,它就会浮到水面上,发亮,蓝蓝的。"

住在苏州城里的梅纹去过夜晚的太湖,但太湖没有这样的景色。她想象不出在这个世界上会有这样迷人的景色。她将两只手平放在扶梯上,将下巴放在手臂上,身体微微前倾,全神贯注地看着西方的水面。这个外表看上去很轻灵的女孩,其实有着很沉重的心思。差不多有一年时间,她见不到爸爸妈妈了。她不知道他们究竟被送到什么地方。只有此刻,她才是轻松而快乐的,甚至是陶醉、轻飘的。她从心底里感谢细米让她看到了如此令人难以忘怀的景色。

细米已登上了塔顶,他朝四周看了看,坐下了。他没有催促梅纹上来,他似乎在等待着什么。

月亮越升越高。是个好月亮,薄薄的一片,十分纯净。天空蓝得单纯,偶尔飘过云彩,衬得它更为单纯。天空与月亮,就像一块蓝色的绸子展开了,露出了一面镜子。

果真像细米说的那样,随着月亮的升高,东边的那条水上金路慢慢黯淡下来,并渐渐变短。它的生命好像十分短暂,在充分展现了它的华贵之后,也就到了它自己的尽头。

西边水面的蓝色碎星,也在黯淡下去——不是黯淡下去,而是月亮越来越亮,皎洁的月光将它们遮掩了。

好像是到时候了,细米站了起来,他朝东看,朝西看,朝北看,朝南看,朝四面八方看。他的眼睛在发亮。他轻轻召唤着梅纹:"上来吧,上来吧……"

梅纹登上了塔顶。

"你往那边看,别看水,看那边的芦苇。"

梅纹顺着细米手指的方向看去时,心里疑惑起来:"那边是在下雪吗?"

"不是的。"

但在梅纹的眼里,那里就是在下雪,淡淡的雪,朦朦胧胧的雪。可是夏季的夜空下怎么会有雪呢?但那分明就是雪呀。远远的,淡白色的雪花在飘落着。

细米告诉她:"这是芦花。"

正是芦花盛开的季节。芦荡万顷,直到天边。千枝万枝芦苇,都在它们的季节里开花了,一天比一天蓬勃,一天比一天白。硕大的、松软的芦花,简直是漫无边际地开放在天空下。此刻,月光所到之处,就有了"雪花"。月光越亮,"雪花"就越亮,飞起的花絮,就像是轻飘飘的落雪。

月光才仅仅照到芦荡的边缘上,大部分芦苇还处在黑暗里。随着月亮的升高,被照亮的面积也在增大。增大的速度最初是缓慢的,但后来就加快了,并且越来越快。

细米说:"你等着吧。"

月亮越爬越高,月光如潮水一般开始向万顷芦苇漫泻。"雪地"在扩大,一个劲儿地在扩大,并且越来越亮,真的是一个"白雪皑皑"了。

月光洒落到哪里,哪里就有了"雪"。

"雪地"就这样在夏天的夜空下永无止境地蔓延着。

梅纹直看得忘了自己，忘了一切。

起风时，"雪地"活了，起伏着，形成涌动的"雪"波、"雪"浪。而随着这样的涌动，空中就忽闪着一道道反射的银光，将整个世界搞得有点虚幻不定、扑朔迷离。

梅纹一直不说话，她只想这么看着。

月亮慢慢西去，夜风渐渐大起来，凉意漫上塔顶。随着月光的减弱，"雪地"也在变得灰暗。

细米说："我们该回家了。"

梅纹说："是该回家了。"她看了一眼正在消逝的"雪地"，跟着细米往塔下走去。

木板做成的台阶在"吱呀吱呀"地响着。

后来，就是橹的"吱呀吱呀"声。

阅读感悟：

　　作家老舍先生在《景物的描写》一文中写道："差不多没有再比写景能使文字充分表现出美来的了。"出色的作品，常离不开对景物的描写。景物描写不但交代人物活动的环境，还推动故事情节的发展，衬托人物的内心世界，营造动人的意境，使得作品更加富有感染力。本文对月光的描写，表现了大自然的美，映衬了细米与梅纹情感世界的纯洁与美好。

月夜

(德)艾兴多夫 / 著

飞 白 / 译

导读：

　　月明之夜,是引人遐想的。德国浪漫主义诗人艾兴多夫的《月夜》,被称为德国抒情诗中最神秘美妙的名篇。你看,天空、大地和月光,无不充满神奇的想象与美感……

　　天空,他一定有一天
　　悄悄地亲吻过地面,
　　引得大地呀繁花缤纷,
　　在梦中把他思恋。

　　微风在田野上吹拂,
　　麦穗儿在柔和地摇荡,
　　森林在簌簌絮语,

夜色是如此清朗。

这时分,我的心灵,
宽广地展开了翅膀,
飞过这宁静的大地,
恰像是飞过家乡。

阅读感悟:
　　这首诗,写出了月夜的神奇色彩,诗人的想象在其中发挥了重要的作用。大地繁花缤纷,田野、麦穗、森林,都在月色中变得充满了灵性。这是因为,诗人在月光下,怀恋着自己的家乡。出色的想象力和真挚的感情,可以让平凡的事物变得神奇而美好。你愿意拿起笔来试试吗?

海上生明月

巴　金 / 著

导读：
　　1927年1月，巴金先生留学法国，长时间在大海上航行。在大海上看月亮升起，与在地上有什么不同呢？

　　四围都静寂了。太阳也收敛了它最后的光芒。炎热的空气中开始有了凉意。微风掠过了万顷烟波。船像一只大鱼在这汪洋的海上游泳。突然间，一轮红黄色大圆镜似的满月从海上升了起来。这时并没有万丈光芒来护持它。它只是一面明亮的宝镜，而且并没有夺目的光辉。但是青天的一角却被它染成了杏红的颜色。看！天公画出了一幅何等优美的图画！它给人们的印象，要超过所有的人间名作。

　　这面大圆镜愈往上升便愈缩小，红色也愈淡，不久它到了半天，就成了一轮皓月。这时上面有无际的青天，下面有无涯的碧海，我们这小小的孤舟真可以比作沧海的一粟。不消说，悬挂在天空的月轮月月依然，年年如此。而我们这些旅客，在这海上却只是暂时的过客罢了。

与晚风、明月为友，这种趣味是不能用文字描写的。可是真正能够做到与晚风、明月为友的，就只有那些以海为家的人！我虽不能以海为家，但做了一个海上的过客，也是幸事。

上船以来见过几次海上的明月。最难忘的就是最近的一夜。我们吃过午餐后在舱面散步，忽然看见远远的一盏红灯挂在一个石壁上面。这红灯并不亮。后来船走了许久，这盏石壁上的灯还是在原处。难道船没有走吗？但是我们明明看见船在走。后来这个闷葫芦终于给打破了。红灯渐渐地大起来，成了一面圆镜，腰间绕着一根黑带。它不断地向上升，突破了黑云，到了半天。我才知道这是一轮明月，先前被我认为石壁的，乃是层层的黑云。

阅读感悟：

标题中，一个"生"字，让大海和明月具有了生命。本文既写出了海上生明月景象的奇特壮观，又写出了海上旅人独特的心灵感受，写出了人类生命的短暂与渺小，使得这篇短文更具有诗意和魅力。带有生命感觉的景物描写，才能够不朽。

后　记

这套书，从着手编选、点评，到终于出版，十年过去了。

2008年春，我在《小学生作文选刊》杂志任执行主编，发起了一场主题为"幸福阅读，快乐作文"的全国优秀儿童文学作家河南校园行系列活动。曹文轩先生是活动邀请的首位作家。

活动间隙，散步在郑州外国语中学蔷薇花盛开的围墙边，曹先生提议我来协助他，为小学生编选一套语文读本。我们希望借由这套书，让孩子们通过阅读经典的、格调优美、语言纯正的作品，形成优美的语感，培养美好的情操，领悟阅读与作文的有效方法，能够运用优雅得体的语言进行交流和表达。

编写体例确定后，我们邀请了特级教师岳乃红、诗人丁云两位老师参与。我们认真工作，这套书稿在2010年基本完工。期间，曹先生多次对书稿进行审阅，并提出修改意见。曹先生教学、写作、社会活动任务异常繁重，但却总保持着波澜不惊的淡定与从容，总是面带微笑，谦和、儒雅而亲切。先生细心审阅书稿，并热心介绍出版社，十分关心这套书的出版。

2012年春,我的工作起了变化。我辞去编辑工作,创办了语文私塾——文心书馆,陪小学生学习汉字、读书和作文。我将这套书中的选文与孩子们分享,并邀请几位语文教师把部分篇目引入课堂,不断对书稿进行加工和完善。几年又过去了,它渐渐成了今天的样子。

古人有"十年磨一剑"的诗句,我们虽然有足够的热情和定力,想要把这套书编好,却丝毫不敢自夸它已经足够完美。这套书就要出版了,首先要衷心地感谢曹文轩先生的编写提议与全程指导,感谢每一位原作者、译者为读者奉献了如此优秀的作品,感谢曾参与这套书编选的每一位老师。

在编选这套书的过程中,我们得到了许多作家师友的热情帮助。蒙作者慨允,书中大部分作品都已获得出版授权。部分作者因无法取得联系,稿酬已委托中国文字著作权协会转付,敬请相关著作权人与之联系。电话:010-65978917;传真:010-65978926;E-mail: wenzhuxie@126.com,也可发送邮件至sjygbook@163.com,以便我们及时奉上稿酬及样书。

希望这套书能够赢得全国小学生读者的喜欢!

袁 勇

2018年5月15日于文心书馆